JN280927

人間像思考

菊田貫雅

文芸社

はじめに

　この人間像については、私の人生観であり、これを拙筆をもって書いたものです。心に残る諺や古い歌、および自作の俳句や短歌などを添えて、読者の皆様のお心にとどめていただくための表現を試みたものです。

　内容については、時代の移り変わりと多少ずれているところがあるとは思いますが、今の世の中の姿があまりにも、以前の日本の社会の様子と違いがあるように思われますので、老婆心ながら、昔からの日本文化の残像をとどめておきたいと思い、僭越ながら現代の変わり果てた世相に覚醒を促そうとするものです。もちろん、私の意見にも多分の誤りはあるとは思いますが、私の述べるところの人間の在り方について、お考えいただければ幸甚に存じます。なお、ご意見などがございましたら、ご一報賜りたく願い上げます。

目次

1. 生命について

人間像とは、人間として生きている姿のことで、肉体と精神の活動のことをいいます。その人間像のことを述べる前に、生命について考える必要があると思います。

生命は、生きているもののいのちのことで、そのものの活動を起こさせる原動力となるものです。地球上に存在する人間を始め、動物植物のすべて生命《いのち》のあるもの、これを生命体といいます。この生命体は、常に自分自身の体の部分が新しく変化していくことが、その根本条件として生命の活動が行われるもので、その存在している条件が無生物とはまったく異なっているものです。

この意味で人間も基本的には、自然界の生命体と同じ種類の中に入るわけですが、人間は理性的に活動するので、自然界の生命とは根本的に異なります。人間の存在する意味には、他の生命体と対照して、その進化過程において特異性があり、理性的な智、情、意の精神活動を主とするところの、「万物の霊長」という特殊な存在になっているのであります。

ただし、地球上に存在するすべての生命体および無生物は、宗教的に考えるところの地、水、火、風、空の五大によって生成されているもので、この五大は、地球上のあらゆるものの素因《そいん》であります。しかも、この五大が相互いに関係づけられることにより現れたものとして、具体的に、固体、液体、気体、温度および変化性の五現象となるのです。これらの現象は、空間的存在としての形態ですが、この現象には、過去、現在、未来の時間的現象があります。この時間と空間の絶対的条件によって存在するものがすなわち、宇宙間の現象であり、地球とともに、地球上のすべてのものの存在なのです。

この地球上に存在するものに、太陽の光と熱のエネルギー（これは太陽の大生命源と考えられるもの）が何千万年かの永きにわたり作用し、元来無機質の物質が一部有機質に変化し、それに太陽の大生命源である光と熱のエネルギーが作用し続け、ついに有機体に単細胞の生命の素因が発生するに至り、何千万年かの過程において、地球上に生命体の発生を見るに至ったものです。その生命体が進化発達の変化性を発揮し、何百万年かの時間と空間においてついに地球上に人類の存在と活動を見るに至ったものといわれています。

これらの存在には、生命体と水、空気、鉱物などの無生物があります。人類を始めすべての生命体は、その環境において、動作および反動作（静止）をする活動体で、その欲求する目的のために自分自身が活動する性能をもっています。その目的は、自己の現在生きていくことと、自己の生命を後（子孫）に遺すための活動をすることにあります。人間の生命の活動も基本的には、この生命体に類《るい》するものと考えられます。岩石などの無生物は、他から与えられる力によって移動し、変化するもので、たとえば、山岳の岩石などは、地震や火山噴火、または風雪により谷間に移動し、雨水の力によって形が変化し、角ばった大きな岩石も小さな丸い石となり、やがて土となって、水とともに地球を覆っているのであります。

ここにおいて生命の意義を広い意味に解釈すれば、五大および五現象の関係から、自主的に活動する生命体と、そのもの自体が存在維持するものとがありますが、それらのすべてのものに生命《いのち》があると考えられます。動物植物はもちろんのこと、山には山の命《いのち》があり、河には河の、岩石には岩石の命《いのち》がある、と考えることが宗教的生命観であります。

太陽の光り輝く　無量劫
森羅万象　生命《いのち》に満ちて　　貫雅

昔、ある山路を一人の坊さんが旅していると、山賊に出会って、持ち物や着ている物まではぎ取られました。山賊は、

「まだ何かあるだろう」

と言いました。坊さんは、山賊の顔を見つめて、

「まだ大事なものがあるが、それはお前にはやれない」

と言うと、山賊は目の色を変えて、「その大事な物を出せ」とせきたてました。坊さんは心静かに、

「それは『年毎《としごと》に咲くや吉野の山桜　木を割り見よ　花のあるかを』というものだ」

と言いました。山賊は不審な顔で坊さんを見つめ、

「一体それはなんだ」

と問い返しました。坊さんは心静かになおも落ちついて、

「それは生命《いのち》というものだ。あのように見事《みごと》に咲いている山桜も、その木を割って見よ花があるかどうか、わしの大事なものはその生命《いのち》のことだ。その生命《いのち》は、人間を始め、動物や草木に至るまでもっているものだ。もちろん、お前も大事にもっているはずだ。それが悪事を働いて、他人の物が欲しくなり、無理矢理に取ろうとしているのだ。元来、生命《いのち》というものは、生きている者には絶対なくてはならないもので、お金よりも、何よりも大事なものだ。しかも、何よりも尊い姿をしているものである。尊いはずのお前の生命《いのち》が、欲という心の迷いから強盗になって悪いことをしているのだ。分かるかな」

と坊さんに説明され、山賊も生命《いのち》の尊さを知り、己の今までの悪事を悔い、さっそく心を改めて、その坊さんの弟子となり、仏道の修行に励んだということです。

このように生命は、自然界にあって、本来は清浄無垢なる存在であります。

冬枯れの　小枝に春の訪れて
　　競い咲き出す　さくら花かな　　　　貫雅

法、法華経の声に呼ばれて　梅の花　　　　貫雅

と、自然界の生命は、山川草木の季節により変化することが、宗教的生命観を意味するものです。

人間の生命は、何百万年もの永い間、人類の歴史の過程において、自然界の適者生存の法則により生き残り、なおも地球の気候風土の変化と、外敵とからなる生物との生存競争と平衡調和《へいこうちょうわ》を体験しながら幾多の危険を乗り越えてきた、先祖の努力の賜《たまもの》がその功績を実現したものです。今日の生命の現実には、地球の何億年かの歴史の変遷の姿が圧縮されているとともに、人類が生き残るために先祖が積み重ねた考える力（理性）と、環境に順応する努力（意志）と、

それを子孫に残す愛情（感情）の心の姿が、人間の生命力に溶け込んで、その理性と意志と感情が渾然《こんぜん》一体となって心の働きとして発達したものです。この先祖の永年にわたって積み重ねた理性、意志、感情の心の姿に宇宙の大生命の象徴として、真、善、美の価値観が現れ、さらに宇宙の真実在（神）の大生命の聖という価値観が象徴的妙諦として生成したものがすなわち、「万物の霊長」としての人間の価値観であります。

ここにおいて、人間は自然界の生命体とはまったく異なる特殊な存在となるものです。この意味において人間の理性的生命の活動の姿には、動物の食欲本能と性欲本能の活動とは根本的に異なるものがあるのであります。

しかし、万物の霊長としての人間像は、あくまでも原則論であり、人類ないしすべての人間にあてはまるものではなく、人間の姿、形は同じようでも、肝心な精神面の進化過程において動物的素質が残留し、一般的人間との格差があり、非常識な行動をする者も少なくないようです。しかも、戦後の今日《こんにち》に至っては、動物鳥類にも劣る人間が数多く見られるようにも思われます。生命の尊さを無視した乳幼児の傷害遺棄事件、殺人犯罪などが続出し、自己本位の行動が多く、忍耐寛容の理性を失った現代社会の姿は、国家社会の平和維持と自然界の平衡調和の理想実現に至るまで、大きな障害になることを考えるべきです。

以上の意味において、生命の尊厳は、宇宙の真実在（神）の象徴により、自然の法則および因果の理法によって顕現されるもので、生命の活動の根本的原則は絶対的平和の象徴でなければならないのであります。

地球上における無数の生命体の中において独り人類のみが「万物の霊長」と誇示し、自然界の生命体を無視するものでなく、自然界の生命維持のために不可分の関係にあることを考慮すべきであります。

太陽のそそぐ生命《いのち》の　果てしなく
国と人とが　平和に満ちて

貫雅

2. 大生命源としての太陽について

太陽は人類を始め森羅万象の存在において絶対的大生命源であり、無始無終の無量劫（永遠）の存在です。地球上の人類およびすべての生命体は、地球を離れて他の天体においては生命の活動を続けることは絶対に不可能でありま す。宇宙間にあるところの月を始め、水星、金星、火星、木星などの太陽の惑星の外、無数の天体と地球は、科学的にまたは天文学的には同様の天体として考えられますが、一面には地球は他の天体と異なり、特殊な存在にあるものと思います。

太陽と地球との関係は、太陽の大生命力の現実に現れるところとしての存在が地球であるからであります。そこに森羅万象のすべての生命体が存在しています。すなわち、太陽と地球との距離が一億四九六〇万キロメートルというのは、他の金星、火星、木星などの惑星に比べて、太陽の熱エネルギーの作用が最も効果的な距離にあり、しかも、地球には水があり、窒素と酸素からなる空気が厚い層で地球を取り巻いていました。その地球の水と無機質のある物質が何千万年もの永い間、太陽の光線と熱エネルギーの影響により、無機質が有機質に一大変化し、そこに有機質による単細胞の生命体の素因《そいん》が発生し、水および空気の中で何百万年かの年月の経過において、自主的に活動する生命体に進化し、しかも、二百万年ないし三百万年の歳月を経て、人類の生命の生成を見るに至り、その活動の現実となったものであるといわれています。

太陽は、太古の昔より神として絶対的存在にあり、人類の尊崇《そんすう》の対象とされてきました。宗教的には、すべての生命体は神によって創造されたものと考えられていますが、現実には前に述べた通り、太陽の創造力によるもので、太陽は地球における森羅万象のすべての大生命源であるといえます。前述の通り、太陽と地球は因果関係にあるもので、太陽の存在なくしては、惑星としての地球はあり得ないことになるのです。また、もし地球が火星や金星と同様の単なる惑星であったとしたら、生命体は宇宙間のどこにも存在しなかったと思います。地球上に人類が発生し、その進化にともなって人間世界が生成し、言語および文字によりいろいろな文化が伸展し、太陽の存在と地球の関係、および宇宙の現象が確認されるのに至ったものです。もし、地球上に生命体の人類が存在しなかったら、太陽も地球も、はたまた宇宙の現象も、物理的には存在しても、価値のない単なる宇宙間の物体（天体）として永遠の存在であるのみであります。

ここにおいて考えることとは、このように太陽は、地球との関係において実に微妙不可思議《びみょうふかしぎ》な大生命源としての存在であるということです。しかし、太陽の存在も一面において科学的物理的に、また、天文学的に考えることも当然必要条件です。すなわち、太陽は約五十億年前に生成し、今後五十億年の間、輝き続けるといわれており、その光は主として水素の燃焼によるもので、表面温度は六〇〇〇度、その大きさは半径六九・六万キロメートルで、地球の一〇九倍もあり、その体積は実に地球の一三〇万倍もある恒星としての天体で、地球との距離は一億四九六〇万キロメートル離れたところにあるといわれています。これは太陽を形態的に考えたものですが、すべて物には形態とそれにともなって価値観が内在しており、太陽の形式は以上の要約の通りですが、その価値観は宗教的に考えることにより、その真相を推察し得るものです。

すなわち、太陽は、今述べた科学的判断に伴う一面より超越した、聖活動があるのです。すなわち、地球との関係において大生命源としての活動と、宇宙の真実在（神）の光明、尊厳、慈愛の聖活動があるのです。これは、神としての活動の聖徳であり、太陽の絶対性で、現実に、光があり、厳しさがあり、温度があります。この太陽の光と熱の注ぐところには、草木が繁茂し、人類始め動物鳥類昆虫に至るまで、無数の生命体が活動しています。日光の届かない建物の床下には草も生えませんが、何十年か何百年になる建物を取り壊した跡地に日光が当たると、たちまち雑草が繁茂するものです。これは、太陽の大生命源の力の注ぐところの現象です。しかも、太陽の光線と熱線の中には、厳しい作用をするもの、すなわち、放射線および紫外線などの化学光線が含まれています。

この太陽の光明、尊厳、慈愛の聖活動は、神仏の聖徳の顕現された象徴であり、前述の「万物の霊長」である人間の価値観としての真・善・美とも抽象的には同義に解釈され、人間の活動要素である知恵、感情、意志の心の働きも太陽の聖活動と共通性をもつものです。ここに天地自然の中に生命の活動（生活）をする人間は、他の動物鳥類の存在と異なり、天地人の関係にあり、天地の現象および自然の法則が人間の生活に密接不可分の関係にあることが理解できるわけです。すなわち、人間として存在する現実には、人間に生まれる因縁があり、また、その現実には永遠の生命の歴史(進化過程)が内在しているものです。

地球の変遷や人類の進化過程を科学的に、綿密な分析究明することも当然必要なことではありますが、現実における人生観がはるかに重要なことであると思います。空腹の時、献立表でカロリーを計算するよりも食物をとることが先決です。病人にはまず施療が必要で、念入りな検査に次ぐ検査を重ねなければ治療ができないのは、良医といえないと思います。「人間は考える動物である」といわれますが、何事も科学的に、または哲学的に考えることが人類の理想を実現する手段とするものではありません。

月にロケットを飛ばしても、火星や木星を探検しても、地球の存在には、どれほどの益するものではありません。むしろ最高の理想は、地球の自然を守り、国際間の対立を解消し、「人間は皆平等である」という信念のもとに、人類の平和を実現するための努力をすることが重要であると思います。すなわち、太陽のごとく、あまねく照らす神仏の慈悲を、人類および自然界に具体化することが最も優れた科学であり、それを実現するための技術の開発究明をすることが、人類最高の文化であると思います。

このように、太陽の光明、尊厳、慈愛の聖活動を人類平等の親善の原則と信じ、最高の文化を完成し、人類絶対の平和の実現を図るための人間の活動を、真《まこと》の人間像というべきであります。

ここに天地人の関係を図表に表すと、次の通りになります。

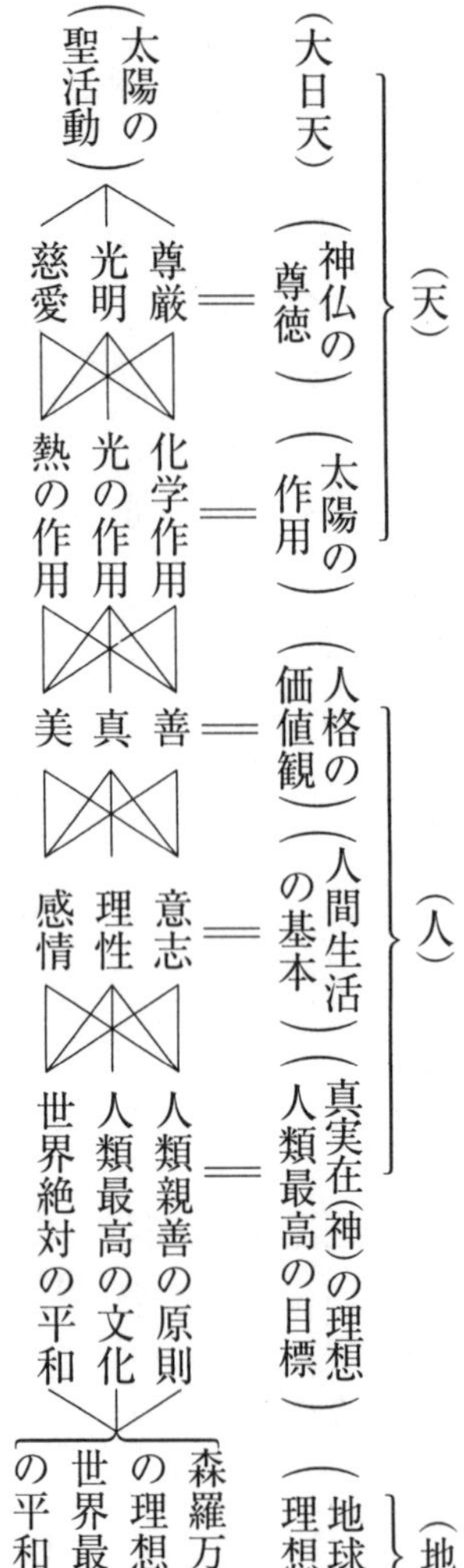

以上。

天地人の関係を示す通り、神仏の尊徳、人格の価値観、ないし人間生活の基本となる心理作用および人類の最高の目標は、個々に分離して活動するものでなく、各々が密接不可分の関係において、融通無碍《ゆうずうむげ》の総合体として活動し、しかも、太陽の聖活動の象徴としての自然の法則に従い、万物の霊長としての人間の生命の活動をすることが、宇宙森羅万象の理想像であり、世界の絶対の平和の実現となるものです。ここにおいて、大生命源としての太陽の聖活動の価値観を認識し理解することは、人間の理性によってのみなし得ることで、この現実は、天地人の因果の理法において密接な関係にあり、太陽は単なる天体としての存在でなく、大日天としての現実であることを考慮し、太陽の聖活動の無限の恩恵に深く感謝すべきであります。

太陽の注ぐ生命《いのち》の　果てしなく
国と人とが　平和にみちて

貫雅

3．人間の欲求について

地球における生命体は、人類を始め動物鳥類昆虫類、はたまた、草木に至るまで、生きること、すなわち自己の生命の存続維持することと、その生命を後(子孫)に遺《のこ》すことを目的として活動していることは前にも述べた通りですが、その目的を満たすための自主活動は、生命体の特長となる変化性によります。とくに人類には、肉体的にも精神的にも特殊な変化性があります。これが過去の生活より改善され、新しい生活に進む欲求で、人類の進歩発達の原動力となるものです。この欲求に対する原動力は、個人的能力の経験と先祖の伝統的能力、すなわち、遺伝の力とが結合調和して活動するもので、いかに個人的能力が偉大であっても、その能力は単なる個人のものではなく、永い間の時間と空間において歴史的に積み重ねられた先祖の遺伝が加味されたものです。すなわち、遺伝の力が因となり、その個人の経験学習した力とが一致結合した能力が果となったものが、個人の生活能力となるのであります。

この生活能力の基本となる人類の欲望は、善につけ悪につけ変化性の原動力となり、人間社会の文化の形態となり、地域および国家社会を作り、やがて、人間社会が地球上の森羅万象の生命体を支配するようになったものです。その文化の向上発達が自然界を制し、人間の独壇場となり、いろいろと開発を実現して人間的幸福の生活現象を作り上げることになったものです。しかし、人間には他の動物に見られない過剰変化性、すなわち、無限の欲求心があります。科学的部門においても、その向上発展に尽きることのない欲望を注いでいるのです。これは人間の向上発展には大いに意義あることで絶賛すべきではありますが、これが必ずしも人間の幸福をもたらすものとは限りません。むしろ、いろいろな弊害の起こる原因となり、このままの状態で進むことになれば、人類自滅の結果を招く可能性も、その文明の中に潜んでいるとも思われるのです。原子爆弾の被害、有毒ガスによる大気汚染、成層圏のオゾン層の破壊による化学光線および放射能の被害などなど、これら人類の文明による被害は、地球全域に波及し、その被害および悪影響を解除する方法対策ははなはだ困難で、一世紀前の地球の状態に戻すことは不可能とされています。

これは仏教の説によるところの末法の時代の現象でありましょうか。これは無量劫より伝統された宇宙の真実在（神仏）の示された自然の法則が、ある一部の人間の過剰変化性としての欲望によって犯された大罪悪の報いとでもいうべき現象であります。

元来、人間を始め、すべての生命体は自然界の中にあり、その活動は自然現象の中に包含《ほうがん》されているもので、一つとして自然界を離れているものではありません。それはいかなる生命体も宇宙の真実在（神仏）によって存在し、支配されているからであります。それで自然の法則を無視し、自然を破壊する行為は、たとえそれが人間社会の平和の目的や人類の向上発展の名目にあっても、真《まこと》の人類平和の実現にはならず、一部の人間の欲望を満たすのみで、大罪悪行為に他ならないものであります。

人間の欲望から離れたところには、常に自然の平和が満たされ、天地自然の森羅万象ことごとくが平衡調和の姿で、いささかも相違相反するものではありません。都会の雑踏騒音から離れた山奥には小鳥の歌声が響き、山腹の谷間には新緑紅葉が季節を彩《いろど》り、四季折々の草花に蜂や蝶が舞い遊び、そこには大自然の絵画が描かれています。そこに棲む動物は自然の法則に従って生命の活動を営んでいるもので、弱肉強食といわれる動物の世界でも無制限に行動するものではありません。たとえば、トラやライオンのような猛獣でも、食欲が満たされれば他を襲うことはありません。すなわち「固体の欲求が充足されれば、それ以上の変化性は求めない」というのが自然界の生命の活動の原則であり、ここに自然の法則があるのです。しかるに人間社会は過剰変化性による欲望の活動により、一世紀足らずの年月の間に急速な文明の進歩を遂げ、しかも、最近の半世紀の歳月は第二次世界大戦に端を発し、唯物主義に伴う著しい科学万能の発展となり、神仏をも恐れぬ宇宙時代となったのです。多数のロケットが地球を取り巻く宇宙空間を飛び回っているとかいいますが、この現象は自然の法則を無視しているものです。また、世界の文明の発達に伴う現象の影響により、地球の大気圏ははなはだしく汚染されているといいます。この最悪の現象は、地球人口の何十億分の一にもみたない、ごくわずかな人間の欲望のもたらした現象です。これらの人間は現象界の科学的現象にのみ視点を置いて、宇宙の大生命のなんたるかを考えていないのであります。

天地自然の現象は、因果の理法によるものであり、しかも、宿業《しゅくごう》の因縁《いんねん》という個人の前世および末世の定めによるもので、人間の能力の及ばない現象であることを識《し》るべきです。この天地自然の現象の中において、生命の活動する人生の現象に内在する諸法実相《しょほうじっそう》は、宇宙の真実在（神）による微妙不可思議の現象であり、科学の範疇《はんちゅう》外のもので、いかなる科学的方法をもってしてもこれを究明することは不可能です。それは宗教的理念によってのみ、解明し得る現象であるからであります。

しかし、これは宗教的主観的の現象のみでなく、しばしば具体的に体験する現象です。たとえば、激戦場において九死に一生を得て帰還した実例も珍しくありません。それには不思議な因縁がからんでいるものです。また、科学的技術面において絶対安全であるべきなのに、たまたま起こる航空機事故などにおいて、その中の被害者の個人的には、それぞれ不思議な事情が内在していることも事実です。これは因果の理法によるところの宿業《しゅくごう》の因縁《いんねん》によるもので、人間の能力をもって解明し得る問題ではありません。しかも、前にも述べた通り、人間は無限の欲求心をもっているので、心は迷妄《めいもう》の雲に閉ざされて、真実の姿を見ることができず、ただ目先の現象のみを錯覚《さっかく》しているのです。

俗説に烏《からす》は人間の凶事を事前に知らせるとか、火事になる家のねずみは事前にその姿を消すとかは、真偽のほどは分からないまでも昔から世俗の語り草とされていることです。他にも地方によりいろいろな俗説があるようです。これは人間以外の動物は、人間のような過剰変化性（欲望）がないため、自然現象の中において、自然の法則による物事の変化を知ることができる本能的直感力があるとも考えられるのです。

ここにおいて人間の欲求心を反省するに、人間は理性的活動により欲求心が複雑化し、過剰変化性となったものです。これに対し、動物の生命の活動は自然の法則に従って、生命維持の限界において単純な自主活動をするもので、人間の欲望とは根本的な相違があるものです。

人類は、進歩の過程において欲求が多目的に変化し、現在の人間の欲望の姿となったもので、これが善につけ悪につけ、現代の文明の基礎となったものです。それが欲望の過剰により、人間社会は肝心な自然界から分離した形となって、人間世界は生命の活動に行き詰まりの形態になっているようです。いかに人間の能力により文明が開発進展されても、それは自然の法則を無視した欲望による人間特有の現象であれば、やがては自然の法則により自縄自縛《じじょうじばく》の結果となることを否定し得ないと思います。

ここにおいて文明の進展の方向を考慮し、文化の発達および唯物的主観による科学の究明と産業の開発について充分に配慮し、自然界に及ぼす大気汚染、または放射能による化学現象などの地球に対する影響を考慮し、自然の法則との融合調和を図るべきであると思います。

4. 幸福について

人間は他の生命体と違って理性が中心となって生命の活動をするもので、そこに人間の特異性があります。動物鳥類は、単に自己の生命の維持と種族保存の本能的活動をするのみですが、人間は個人的にも社会的にも、その環境における現象に平和と幸福を実現するための生命活動の理念があるのです。

人間の基本的に欲求する真《まこと》の平和とは、個人的にも社会的にも、あるいは国際的にも、はたまた自然界に対しても、「他を侵さずに自己の存在を守ること」で、これが平和の基本的原則です。

この自然界の平衡調和も、人類を始めすべての生命体の平和は、宇宙の真実在（神仏）の理念（本旨）であり、万物の霊長としての人間の重大な使命です。それが自己の欲望により、平和の基本的原則および神仏の本旨に背き、平和の条件を無視することは、いかなる理由のもとにも人間の罪悪であり、悪業《あくごう》の因縁を作ることになるものです。悪業の因縁は、因果の理法により悪因悪果の現実となり、いかなる独善的な詭弁《きべん》をもって自己主張を試みても、悪因による悪果の現象は、災難不幸となってその身に巡りくるものです。悪業の因縁を作ることは、自己の欲望を満たすための行為であり、自然の法則にも人間社会の常識にも順応するものではありません。

ここにおいて宇宙の真実在（神仏）の本旨は、森羅万象のすべての生命体の平衡調和と人類の平和安泰《あんたい》の実現にあります。

いかなる環境にあっても、いつの時代においても、すべての人間は「幸福」を願い求めるもので、まったく例外はありません。それは人間の生活において理性的な心の働きで本能的に希求するものです。これは宇宙の真実在（神仏）が人間に与えた根本的理想像であるからであります。高具直道著の『人生哲学』によれば「幸福とは、人間のもつ精神的要素と肉体的欲望とが調和統合的に満足された状態ないしその結果をいう」とあります。

要するに幸福となる要因は、精神的または肉体的に起こる事柄が、喜びとして感動的に現れた心の姿であります。

それで、幸福の内容の特徴について分類すると、第一に考えられることは、生理的健康的満足感です。第二は精神的思想的満足感であり、次いで第三は経済的充実感です。

先ず生理的健康的満足感については、案外に自己の健康を自覚していないものです。いかなる人も無病息災が幸福の第一条件であるはずです。仮に病《やまい》に侵されても、全快した時の感激は、それを体験した者の喜びです。また、病院などの状況を見る時、なんと病人の多いのに驚かされ、自分の健康な躰に喜びを感じるものです。その他、夫婦交合の愛情に満たされた快楽感は、家庭生活の最も大事な支えとなるものです。空腹の時の食事をとった時の満足感、または登山やハイキングで目的地に到着した時の満足感などなど、健康体であればさまざまな幸福感を体験するものです。

次に、精神的思想的満足には、人間生活においていろいろな活動に関するものです。社会的活動によって得た成果の満足感、結婚生活の喜び、また我が子の成長を見る満足感、毎日の通勤に無事であること、商売営業における来客に対する感謝、あるいは選挙に当選した本人および関係者の喜び、受験合格者の感激、また、宗教、教育、文学などの思想的満足感、芸術家の作品完成の満足感などなど、枚挙にいとまのないほどです。

次いで経済的充実感は、前述の健康的および思想的な満足感と同様、個人生活および社会生活において、サラリーマンの月々の給料日に給金を手にした時の喜び、商店で商品の売れた時の感謝、また、種々の機会に金銭の入手した時の喜びなどと、この経済的充実感はあらゆる面で体験するもので、人間の社会生活においては絶対不可欠の条件です。なお、この経済的充実感は、人間の欲求に微妙な、しかも密接な関係があるもので、他の生命体には絶対に見られない人間特有の現象であり、その満足感の限度や様相についてもなかなか分別し難い面があります。これは善につけ悪につけ、人間の社会生活の幸福と不幸の岐路に立っているものです。

金銭《きんせん》は無けれや　困るが
　　慾ばれば　尚　困る　　　　貫雅

貯《た》まるほど貧乏になる　金銭《かね》の慾　　　　貫雅

というように、経済的欲求は人間生活の中心的心理作用で、微妙不可思議の様相をしているものです。

以上、健康的、精神的、経済的の三つの条件は、人間の幸福には不可欠のものですが、「過ぎたるはなお及ばざるが如し」の言葉の通り、過剰変化性の欲望にとらわれず、応分の限度をよく理解することが最も大事なことで、心の安定の条件となるものです。それを理解するには、何事にも、またどんなものにも感謝の念を必要とするものです。

このように、幸福の基本的条件は感謝の心の働きによるもので、そこに本当の幸福の姿が現れるものです。すなわち、感謝の念と幸福の心情は一体不可分の心境で、幸福は素直にありがたいと思う心に芽生えるものです。

日蓮上人は「苦をば苦と悟り、楽をば楽と開き、苦楽ともに思い合わせて南無妙法蓮華経と唱え給うべし、これ自受法楽《じじゅほうらく》（真の幸福）にあらずや」といわれています。せっかくの幸福の機会に遭遇しても、その現実に感謝の気持ちの少ない人は、満足感の多寡《たか》を比べてみるものです。大きな感激を体験した時は、世の中の幸福を独り占めしたかのような喜びを感じますが、毎日の食事にはそれが当然のこととして喜びも感謝の念もないのが普通のようです。

「人には千日の好事はなく、花に百日の紅《くれない》なし」という諺のように、大きな喜びごとはそうそう続くものではありません。しかも、大きな感激がなくとも、その人間の生活にはさほどに重要なことではないはずですが、当然と考えていること、または意識の薄い惰性的《だせいてき》な毎日の食事は、これをとらなければやがて死の現象を招く結果となるものです。それが、意識しない空気に至っては、わずか数分間の呼吸停止で生命の維持が不可能となるのです。このように生きていることに重大な条件を、誰もが意識外に置いて生活しているものです。

この生活の根本的理論を考えることは、宗教的思考によるもので、一般科学の範疇外のものです。宗教的人生観においては、知恩報恩《ちおんほうおん》の概念、すなわち常に感謝の念を重視することです。宗教的信仰の基本は感謝の心情から生成するもので、生活のすべてに感謝の念が必要となるものです。何人《なにびと》も意識しない空気や水も、天地自然の恩恵《おんけい》によるものであると考える感謝の気持ち、これが幸福に対する宗教的信念であります。

しかるに現代社会においては、唯物主義の思想に包まれ、利己主義の人生観が漲《みなぎ》っています。利己主義は真《まこと》の自由主義の範疇外の思想であり、非社会性を意味するものです。社会環境はすべての人間の生活の場であり、ここを離れては人間生活は不可能です。それで社会環境の平衡調和は、人間生活の必要条件であり、その治安維持を理解し、社会平和の原則を自覚し、協力することが自己の生活を守ることであり、自己の幸福と社会の平和とが統合一致することであります。

イギリスの哲学者、ラッセルの幸福論に「本当に心を満足させる幸福は、私たちの種々の能力を精一杯行使することから始まり、私たちの住んでいる社会が充分に完成することで達成される。それには個人が真面目に職務を遂行することにより幸福が得られ、それが社会の幸福とも一致する」といわれています。

ここにおいて、実現されるべき個人と社会の平和の価値観は、神仏の絶対的理念（本旨）とするところで、それは森羅万象の生命体の中の人間の活動によってのみ、実現されるものです。その人間の活動の姿を、理想的な人間像（幸福の確立）というのであります。

微笑《ほほえみ》の面《おもて》を人に施すは
おのが心の　功徳《くどく》とぞなる

貫雅

5. 運命と業《ごう》について

人間の生活には諸行無常《しょぎょうむじょう》の姿があり、何事も常住不変のものはなく、また、苦しみや楽しみが交々《こもごも》に複雑多岐《ふくざつたき》な姿で生活を取り巻いているものです。このような姿は、個人的にも社会的にも生活現象の結果として運命的現実を否定することができないものです。働けど働けど楽にならず、悪循環の連続の人もいるかと思えば、さほどに努力をしなくとも幸運に恵まれて幸せな生活を送っている人も少なくないことは、社会における現実であります。

人間万事　塞翁《さいおう》が馬

という諺の通り、昔、中国の北方の塞という国にあった運命を物語る故事のように、災いが転じて幸せとなることもあり、その反対の現象もあるもので、いわゆる運命的現象は予測し難いものです。しかも、運命的現象には必ず原因と結果の関係があるもので、この関係はすべて因果の法則から外れるものではありません。そこで運命の因果関係について考えてみますと、運命とは、人間の意志によらず幸いや不幸を与えられる力、それによってもたらされる現象、すなわち巡り合わせ、と辞書には説明されているようですが、実際には仏教に説くところの因果の法則によってもたらされた現象ということが明快であると思われます。すなわち、死後の精霊《しょうりょう》が魂命《こんめい》となって運びこまれた前世《ぜんせ》の宿業《しゅくごう》の因縁《いんねん》による現象であるということになるのであります。

要するに、前世の生活の善なり悪なりの結果がその精霊《しょうりょう》（魂命）に宿り、因縁によって結ばれた現世の生命に運びこまれて現実となったもので、あくまでも原因もなく偶発的に現れたものではありません。すなわち、自己の姿（生命体）は、宿業の因縁をもった魂命が両親のいずれかを縁として、その生命を徹《とお》して現実化したもので、運命的現象ともいうべきものであります。

不思議なる宿縁《しゅくえん》による　父と母
生命《いのち》を受けた　我もまた妙
貫雅

自分の躰（生命体）は、自主的に自分の意志でこの世に生まれたものではありません。事実は限定された父と母から出生したもので、しかも、出生した者がなぜ自分でなければならなかったか、また、父と母はなぜ限定されなければならなかったか、ここに因縁の不思議な原因があり、限定された父と母は結婚の結果、両者の間に自分が出生して親子の関係となったものです。この両親の結婚と、自分との親子関係を考えてみると、結局は、宇宙の真実在（神）のしからしむるところの因果の理法による現実で、あえてこれを科学的に究明を試みても、親子の因果関係を解明することは不可能です。

仏教の説により三世の因果関係について説かれていますが、三世とは、前世《ぜんせ》、現世《げんせ》、来世《らいせ》のことで、諸行無常《しょぎょうむじょう》のことをいうのです。生命の活動の継続の時間と空間を現世（現在）といい、その活動の停止、または終止した状態を前世（過去）といい、まだ活動の発生しない状態を来世（未来）ということはよく知られている通りです。この過去、現在、未来は常に現滅（現出と滅亡）の姿であり、この三世は絶対不可分の現象で、その現実は因果関係において活動するものです。しかも、この三世の関係は、時間と空間の単なる物理的現象ではなく、生命と霊魂との関係において考えられるものであります。

前世における善根《ぜんこん》の功徳《くどく》が原因で、その結果として現世の生活が安穏幸福となり、前世に犯した悪事横行《あくじおうこう》の行為などの悪業《あくごう》の因縁《いんねん》が現世における結果として煩悩業苦《ぼんのうごうく》の生活現象となるものです。日蓮上人が、「己れの前世《ぜんせ》を知らんと欲せば、己れの現世《げんせ》を見よ、己れの来世《らいせ》を知らんと欲せば、己れの現世《げんせ》を見よ」といわれたことは、因果の理法により現世の生活が、三世にわたって重要な関係があり、自己の現世の幸、不幸の様相が前世の善悪の様相を表わしており、来世の善悪の要因であることを説かれたものであります。すなわち、己れの現世の業《ごう》（生活現象）が中核《ちゅうかく》となって、過去、現在、未来の三世にわたり因果の関係を示すものなのです。現世の業《ごう》には因果不二事理一切《いんがふにじりいっさい》という仏教の説があり、原因と結果が一体不可分のものとなって現れているということであります。

業《ごう》とは行為、働きを意味し、仏教で説くところの身《しん》、口《く》、意《い》の三業《さんごう》のことをいいます。言語による意識概念の発表および内面的知性と感情との行為（意志活動）からなっているというものです。この生活行為にはなんらかの結果を生むもので、それが現世にも死後にも因縁として運命にかかわり、輪廻《りんね》の道をたどることになるのです。輪廻とは、人間が生まれては死に、また他に生まれ、苦と楽の迷いを繰り返すことで、六道輪廻《ろくどうりんね》ともいいます。すなわち、六欲天《ろくよくてん》上界《じょうかい》、人間界、修羅界《しゅらかい》、畜生界《ちくしょうかい》、餓鬼界《がきかい》、地獄界《じごくかい》の六道に輪廻することをいうのであります。

前世および現世の生活において行われた欲望にかかわる業《ごう》（行為）にはいろいろな形態があり、そのいくつかについて述べると、

色欲（色恋は　夢みる時の　春の花）
金銭欲（貯《た》まる程　貧乏になる　金銭《かね》の欲）
所有欲（雪と欲は、積もるほどに道はなし）
名誉欲（錦を着る山は、裸になる前ぶれ）
財産欲（身の程も忘れて遺《のこ》す浮き世の宝
　冥途《めいど》の旅に仇《あだ》にこそなる）

と、数多くの利己的欲望に身も心も奪われ、感謝の念もなく、人に施す愛情を失い、私利私欲の生活により、悪業《あくごう》の因縁を残す人間を餓鬼《がき》といい、地獄同

様奈落《ならく》の底《そこ》に堕《お》ちた者です。これらの人間は、その人生の末路にも、はたまた、死後の来世《らいせ》に至っても悪業《あくごう》の因縁の報いを受けるもので、自業自得《じごうじとく》の結果として、災難苦労を負わねばならないことになるのです。日蓮上人は盂蘭盆御書《うらぼんごしょ》に「悪の中の大悪は我が身にその苦を受くるのみならず、子と孫と末《すえ》七代までかかり候いけるなり。善の中の大善もまたかくの如し、我が身仏《みほとけ》になるのみならず、父母仏になり給う。上《かみ》七代下《しも》七代、上無量生《かみむりょうしょう》、下無量生の父母たち存じの外に仏《ほとけ》となり給う。ないし、子息夫妻、所従旦那《しょじゅうだんな》、無量の三悪道《さんあくどう》をはなるるのみならず、皆、初住妙覚《しょじゅうみょうがく》の仏となりぬ」と説かれてあります。このように、悪業の因縁を作ることは、自分自身に苦しみを受けるのみでなく、親子兄弟末代まで悪業の因縁を負うことになるもので、これが神仏に感謝し、善根の功徳を積み重ねることは、自分自身が果報を受けるのみでなく、両親はもちろん、兄弟親族を始め、自分を取り巻く友人知己に至るまで、功徳の果報を受けることになるのであります。

善根の功徳を積むことは、日蓮上人の開目鈔《かいもくしょう》に説かれる四恩説にある通りで、第一に親の恩、第二に国の恩、第三は師の恩、次いで一切衆生の恩で、それぞれの恩に報ゆる謙虚《けんきょ》な気持ちと、滅私奉公の信念をもって人生の活動を全うすることであります。

第一の親の恩については、日蓮上人の出家功徳御書《しゅっけくどくごしょ》に「我が身を損ずるは、父母の身を損するなり。この道理をわきまえて親の命に従うを孝行といい、親の命に背くを不孝と申すなり」と、また、儒教に説くところの「身体髪膚《しんたいはっぷ》これを父母に受く、あえて毀傷《きしょう》せざるは孝の始めなり」といわれています。

仰ぎ見る嶺より高く　海よりも
　尚も深きは　父母の恩なり
　　　　　　　　　　　　貫雅

有難き父母より受けし　この躰《からだ》

心はげみて　世のためになる　　　　　　　貫雅

自分の現在あるは、両親のおかげであることを深く感謝し、自分の仕事に励むことが、親の恩に報いることであり、我が身にも幸せの道を拓《ひら》くこととなり、また、世の中のためにもなることです。しかし、その道理を考える人は少なく、最近の親子の関係には世代の色が濃くなり、親に感謝することを忘れ、扶養の義務は念頭になく、法律に基づく権利として相続権のみを考えて、親の遺産を当てにする人間が多い社会情勢であります。親の遺産を相続しても、多大のものが相続税に取られ、苦労もしないで得た財産は感謝の念も薄く、またたく間に消えてしまうものです。

親心　遺した宝が　仇になる　　　　　　古諺

というように、親の恩も考えず感謝の気持ちもなく、当然の権利として遺産を相続することは、不幸の原因となるものです。親の恩を忘れる人は、自己の存在の因果関係をも考えないので、自分の不幸を招く原因を作るものです。年老いた親の扶養を忘れて、若夫婦が幼子を育てても、何十年かの後にはやがて我が身に因果は巡り、惨めな姿となるものです。

日蓮上人は、形部左エ門尉女房御返事《きょうぶさえもんのじょうにょうぼうごへんじ》に、「たとえ親は十人の子を養えども、子は一人の母を養うこと難し、温かなる夫をいだいて伏《ふ》せる女房はあれども、凍《こご》えたる母の足を温める女房はなし」といわれています。これは七百年ものその昔、日蓮上人が末法ともいうべき現代の世相を予言されたものとも考えられるのであります。

現代の世相は前にも述べた通り、利己主義の姿に徹し、親子も兄弟も、愛情の薄れた関係で、いかにして自己の経済的安定を図るかを考えているようです。兄弟は他人の始まりともいわれていますが、親子の関係においては、仮にわが子は親を忘れるようなことがあっても、親の心には常に我が子の面影があるものです。

「身体髪膚これを父母に受く」との教えの通り、真《まこと》の親の遺産は自分の躰そのもので、これこそ偉大な遺産です。この意味において自分を大事にして、健康管理に注意し、よく働いて生活能力を発揮し、経済管理を整え、希望のある豊かな生活を積み重ねることが、親に対する報恩の道であり、自分の幸福への道を拓くことにもなるのです。このようにして自分の努力によって築き上げた財産も名誉も、すべての社会的成果がすなわち、親から相続した遺産という意味のもので、これには相続税もかからないし、真実の遺産というものです。ここにおいて因果の関係から両親に対する報恩感謝の意味が明らかになるわけです。

次に国の恩については、日蓮上人の立正安国論に「国に衰微なく、土に破壊《はえ》なくんば、身はこれ安全にして、心はこれ禅定《ぜんじょう》ならん」と説かれています。自分の住む国が、内乱もなく治安も維持されて安全であることが、自分の生活の第一条件です。

安《やす》らけき四方《よも》の山川眺むれば
水の流れも　国の恵みぞ　　貫雅

国土安穏《こくどあんのん》、万民安楽《ばんみんあんらく》は、国民すべての希望であり、願いです。しかし、末法ともなれば、とかく国家的観念が薄らぎ、利己的に世の中を見る傾向がありま す。よく知られている通り、国家とは、国土と主権および国民の三要素から成り立っており、それが完全に整った理想像でなければなりません。すなわち、我が国の理想像は、前述の立正安国論に示された通り、国土の安全と国内の平和と主権の確立でなければなりません。ところが、国内の自然環境は、次々と権力と財力によってその美観が崩され、日夜に悪質な犯罪が横行し、生命の尊重を無視した殺人傷害事件が相次ぎ、従来の治安維持国としての日本の誇りが地に堕ちて、修羅場《しゅらじょう》となりつつあります。主権は金権に左右され、国民は政治的無知の盲目選挙によって為政者を選び、その結果、政界と財界の癒着《ゆちゃく》した悪循環となり、しかも、ある国の支配下にある現在では、将来の我が国の存在的確立を誰が保証するのでありましょうか。杜甫の詩に「国敗れて山河あり」とありますが、その山河すらおぼつかないと思います。

ここにおいて、国政にあたる為政者は、党利党略や過剰変化性による私利私欲を捨て、主権在民の代表者としての自覚をもつべきであり、国民各自も日本国の主権者としての認識と自覚をもち、政治的に目覚めるべきではないでしょうか。これが日蓮上人の開目鈔に示された「我れ日本の柱とならん。我れ日本の眼目とならん。我れ日本の大船とならん等と誓いし願やぶるべからず」と明言された大信念であると確信するものであります。それには、国民一人ひとりが心眼《しんがん》を開いて、国の政治経済をよく観察し、宗教、教育などの文化活動を正しく見て、各自が国の柱としての責任と義務を自覚し、我が国の将来を支える覚悟をもつことが国恩に報いる唯一の道であると思います。

第三の師の恩については、学校の先生であっても、職場の先輩であっても、師は心と知識の育ての親です。それで師に感謝することは人間の道であり、師の恩を忘れる者は、禽獣《きんじゅう》に等しいといわれています。

手をとりて導《みちび》きくれし　人の道
恩師の姿　胸に残れる
貫雅

子供の時の先生の面影は、厳しい面と、そして優しい眼差《まなざ》しが心の奥に残り、社会人になっても懐かしく思えるものです。また、職場にあって何かと面倒を見てくれて仕事を教えてくれた先輩の親切には、いつまでも感謝の気持ちをもっていたいものです。しかし、最近の世相は自己主張が強く、感謝の念が薄らいでいるので、先生の恩や先輩の親切は念頭から消えているようです。先生は、学校の職場で教師という職業であり、恩義に報いるほどのことはないと思っている人もいるようです。また、職場の先輩は後輩を指導するのがビジネスの分野で、後輩は先輩に対してあえて恩義の負担を感じる必要がないと考える者も少なくない世の中になっているようで、昨今は先生も生徒も、先輩も後輩も対等と考える世代になっているようです。しかしこれは、自然の法則に逆らうもので、人間社会にも時間と空間の推移に絶対的格差があり、進歩発達にも時間的格差のあることは、師弟における教養知識の格差も同様で、職場における先輩後輩には、職業的知識の格差があるものです。また、それぞれの関係には因果の法則が内在しているものです。それで素直に師の恩に報いることや、先輩の好意に感謝することが、人間として当然の気持ちです。これが従来の日本の社会の姿であり、謙譲《けんじょう》の美徳であり、この精神が社会の秩序を維持し、平和の基《もとい》となっていたものであります。

次いで一切衆生《いっさいしゅじょう》の恩ですが、一切衆生とは社会環境のことです。人間生活の条件は、社会においてのみ生きていくことです。その社会には、味方千人敵千人といわれるほど、複雑な姿があるものです。その世の中で安穏な生活を送るためには、素直な気持ちで人のために尽くすこと、世の中に奉仕することです。常に謙虚《けんきょ》な気持ちで、すべてに対し感謝の念を心の姿として日々を過ごし、滅私奉公の穏和な気持ちで暮らすように心がけることが幸せを得ることになるものです。

世の中に　尽くす心で住《す》むなれば
誤解も　仇《あだ》も　春の淡雪《あわゆき》　　貫雅

複雑な世の中には、思わぬ誤解もあるものです。それが仇《あだ》となり、自分の生活に変化をきたすことがあるものです。しかし、自分にその原因となる事実がなければ、やがては幻の虚像として消滅するものです。

要するに己れを信じ、その信念をもって社会に奉仕することが滅私奉公ということです。

このように、自己の善悪の因縁による素因《そいん》は、三世《さんぜ》の因果《いんが》の法則に基づいて、運命の姿となって現れるものです。

6. 宗教について

宗教は、人間の生活に最も深い関係にあるものです。既成宗教教団などにかかわらず、宇宙の絶対性（神）と人間の本性《ほんしょう》との関係において考えてみたいと思います。

宗教は、人間の純真な精神的活動によって、自己の生命（本性）と宇宙の真実在（神）との関係を考慮解決することであり、人間の純真な心の働きが、神仏に感応道交《かんのうどうきょう》することであります。すなわち、宇宙の絶対的真実在（神仏）に対して、人間の純真な感情と意志の活動により、一切の雑念のない心理作用の活動で、御利益主義や打算的な宗教活動ではありません。その宗教活動には、既成宗教教団の宗教形式が付随《ふずい》するものです。たとえば南無妙法蓮華経とお題目を唱えるとか、お念仏を唱えるとか、キリスト教の宗教形式とか、宗派によりそれぞれの流儀がありますが、それはあくまでも、具体的には形式の流用で、その内容の本体は前述の通り、宇宙の真実在（神仏）と自己の全精神が感応道《かんのうどう》交《きょう》することです。

ここにおいて宗教と哲学について考えてみると、宗教は前述のごとく宇宙の真実在（神）を信じ、純情な意志活動により自己の生命に安心立命《あんじんりつめい》を求めるもので、具体的に感謝の心情が生活の基本であるのに対し、いっぽう哲学は、理性的に宇宙の真理と現実との関係を因果の法則に基づいて究明せんとするものだと思います。それで、宗教も哲学も、根本的には理性的心理作用を必要としますが、宗教は全人格的要求によるもので、より高く、より深いところを求めるものです。以上の関係において、宗教と哲学は相関関係にあり、真の宗教には深い哲理がその教義に内在し、深遠な哲学の論理の究極には、宗教的概念が潜在するのです。

そこで人間の生活において、最も肝心なことは現在です。現在の完成した生活を積み重ねることが貴重な人生であり、それが生命の活動（生活）の姿です。その生活において昨日が過去となり、現在の生活が必然的に明日の将来（未来）に連続するものです。この時間と空間の現象が貴重な生命の活動の姿になるもので、いかなる人間も、この現実の中において欲求的行為を行うものです。しかし、神仏の絶対的能力でない限り、矛盾と不可能が人間の生活を取り巻いています。それはすべての生命体の中で、人間だけの欲求心のもたらす現象で、その欲求心が善につけ悪につけ、活動の原動力となり、人間の進歩発達の今日《こんにち》の姿となったのです。また、人間の生活の心の働きには、大なり小なり宗教心が、なんらかの形で内在しています。それは、自己の将来の生活の確立を求めるために神仏を意識するもので、これを自覚した心境が宗教心です。その宗教心を自覚した気持ちが、自己の生活の現実を神仏に感謝し、将来の生活現象の可能性を願望する心境を信仰心または信心というものです。すなわち、自己の生活において無能と不可能を自覚した時、神仏に依頼することは本能的活動で、幼児が母親を意識することと類似する行為です。

しかるに、自己の生活能力を過大評価するところの自力本願過剰者、すなわち無神論者は、何事も自分でできると考える者で、自分の力以外に頼るものはないと考える人間、または、科学万能の現代において、一にも二にも科学的機能に依存する人間は、ともに宗教心は微塵もなく、神仏は人間の観念的に想像した虚像であり、現実に存在するものでなく、人間や自然界に作用する能力などはあり得ないと考えるものです。あるものは自己の存在であり、己れが認識する科学的機能の現実のみであると考えるのです。これは無神論者の考える唯物主観で、すべてのものは自分の本心の外に独立して存在するもので、その中に自分も関係づけられて存在しているのであると考えるものです。物質は第一次的発生で、時間的にも空間的にも永遠の存在であり、なんら神仏によって創造されたものではなく、それ自体で存在し、精神とか意識は第二次的で、物質の生成によって発生したものであると考えるのがその特徴です。

しかるに、自然界にも、人間生活の環境にも、複雑多岐な現象があり、人間の能力をもっては解決措置の不可能な現象や矛盾が山積しています。因果の理法《いんがのりほう》による宿業《しゅくごう》の因縁《いんねん》を否定する者は、それらの現象を偶然の出来事と考えることでしょう。しかし、現実的にも、概念的にも、これらの問題は不可能となるものです。これがすなわち、人間的能力の限界（極限状態）というべきものであります。

自然界の現実、すなわち森羅万象の本質は、時間的にも空間的にも永遠の存在であり、無限の現象です。この現実を否定することは、いかなる人にも不可能であります。これは、絶対的な自然の法則であるからです。前にも述べた通り、人間の能力および活動には絶対性はありません。もちろん、人間の生活には種々の矛盾現象があり、欲求のすべてを充足することも不可能です。その矛盾を解消し、欲求を充足するための願望として絶対的能力の存在を希求するもので、そこに神仏の存在を信じ、宗教的概念が成立するものです。

人間生活のよりどころとして尊崇《そんすう》する宇宙の真実在（神仏）には、前にも述べた通り、光明《こうみょう》、尊厳《そんげん》、慈愛《じあい》の聖徳《せいとく》を具足《ぐそく》しており、一面には人格の価値観としての真《しん》、善《ぜん》、美《び》とも一如《いちにょ》するものであり、また、人間の生命の本体（聖）は、神仏の本然《ほんねん》の真躰《しんたい》（聖）とも観念的に融合するものであると信じるところに、神仏の存在を認識するのであります。

前述の通り、その神仏には神秘的絶対的能力があり、不可能も矛盾現象もないのです。人間はこの神仏に対し、因果の法則による現実に感謝し、未来の安《あん》心立命《じんりつめい》の願望を希求する宗教活動が信仰心の現れとなるものです。現象界において、神仏の大生命の理念を代行する存在として、生命の活動する人間の姿が、仏教教典に説明するところの「変化の人」なのです。

神仏に念ずる願い　ただ一つ
過《あやま》ちも無く　今日の一日

貫雅

人間の神仏の神秘性に対する祈りは、抽象的には、人間の生命の本体（聖）が宇宙の真実在（神）に観念的に融合する宗教活動（感応道交）で、具体的に人生の最も肝心なことは今日一日（現在）の完全な理想像の確立で、その連続が人生であるからです。すなわち、現在の今日一日が前述の因果の理法により、過去と未来の三世に関連し、時間的空間的な現象となり、人間の生命の活動する中にあって善悪の業《ごう》として、織物の模様のように織りこまれていろいろな形態となり、人生の姿となるものです。

それが現代の宗教界においては、生産至上の唯物主義の影響により、その思想の流れに合流している感が大きく、人間生活における精神活動の重要性を蔑《ないがし》ろにしている傾向があります。日蓮上人の四條金吾殿御書《しじょうきんごどの》に「食法餓鬼《じきほうがき》と申すは、出家《しゅっけ》となりて仏法を弘むる人、われは法を説けば人尊敬するなんど思いて、名聞多利《めいもんたり》の心をもって、人にすぐれんと思いて今生《こんじょう》をわたり、衆生《しゅじょう》をたすけず、父母を救うべき心なき人が食法餓鬼《じきほうがき》とて法を食らう餓鬼《がき》と申すなり。当世の僧を見るにかくしてわれ一人ばかり供養《くよう》をうくる人もあり、これを狗犬《くけん》の僧と涅槃経《ねはんぎょう》に見えたり。これは未来に牛頭《ごず》という鬼となるべし、また、人に知らせて供養をうくるとも欲心《よくしん》に住《じゅう》して人に施すことなき人もあり、これは未来は馬頭《めず》という鬼となり候」また、「在家《ざいけ》の人々も我が父母を弔《とぶら》わずして、我れは衣服飲食《いふくおんじき》に飽き満ち、牛馬眷属充満《ぎゅうばけんぞくじゅうまん》して我が心に任せて楽しむ人を形は人にして畜生《ちくしょう》の如し、人頭鹿《にんずろく》とも申すべきなり」と示されています。曽谷殿《そやどの》御返事に「来世《らいせ》の僧などは仏法の道理をも知らず、我慢に著《じゃく》して師をいやしみ檀那《だんな》にへつらうなり。但し、正直にして少欲知足《しょうよくちそく》たらん僧こそ真実《まこと》の僧なるべし」といわれており、現代の世相を予言しておられる感があります。一例で差し障りもありますが、人生の終局である大事な葬儀が、社会的にその費用が問題になっています。戦前には言葉にすら出なかった戒名料《かいみょうりょう》などはその一例です。戒名に料金がかかるのは、戒名を購入するということになります。本来、戒名とは死者の霊の名称で、生前の俗名を改めて死者の生前の業《ごう》（行為）を名称として、霊界に赴《おもむ》く時の呼び名であり、死後までも生前の業の因縁がかかわるものです。戒名でその善《よ》し悪《あ》しの格差がつくものではありません。戒名は生前の業の形に添う影のようなもので、霊界における固有名詞であることを、改めて考慮すべきです。

寺は皆　法城なれば　法を説く
　葬式法事は　次のまた次　　　　　貫雅

祖師の説く　教えぞ永遠《とわ》に尽きぬとも

寺を飾りて　僧はおごれる　　貫雅

宗教的概念には神仏のみを礼拝の対象とする、ということではありません。社会的現象として、庶物崇拝《しょぶつすうはい》の形態があるからです。たとえば、神木と称して古木を拝み、ご神体として岩石を礼拝する例は珍しくないことです。また、過去における聖人賢人ならびに偉大な人格の持ち主などを特別な存在として神社に祭り、あるいは狐狸動物の類《たぐい》を礼拝の対象とすることもあります。これら多くの迷信を含む宗教的形態もありますが、これらは宗教にあらず、と断定することはできません。なんとなれば、高尚な宗教的概念と迷信的粗野な宗教的概念とははなはだしく格差はあっても、礼拝の対象を信ずる心の働きは、根本的に共通する宗教心であるからです。ただし、迷信を含む原始的宗教においては、その宗教心をもつ人間の気持ちを強く規制し、自己の願望を満たさせる存在を空想し、超越的な存在感があり、そのものが人間界に支配的作用をおよぼすもの、すなわち御利益を与え、または、その宗教活動に違反する者に対して謗法の罰を与える存在と考えています。このような宗教的形態は、戦後の新興宗教によく見られた形態で、既成教団とは大きな格差のあるところです。いわゆる新興宗教においては、宗教の教義が浅薄で、実利主義、または御利益主義の心情における宗教活動で、個人的に自己満足の目的が活動の要旨であるように思われます。それで、それらの宗教活動は、社会の人心浄化の目的や、社会生活の理想から逸脱したものというべきです。

真《まこと》の宗教活動は、宇宙の真実在《しんじつざい》（神仏）を信じ、深遠な宗教教義に基づいて、人間の生命の本体（聖）が神仏に感応道交《かんのうどうきょう》し、人間的欲望から離れ、謙虚な心情で知恩報恩の感謝の念を心の姿とするものです。現実的には、神仏に代わり（変化《へんげ》の人として）人に施し社会に奉仕することによって得るところの功徳を自覚し、その信念による信仰心に基づいて安心立命《あんじんりつめい》の果報が成立した心情を、宗教生活の自受法楽《じじゅほうらく》（幸福）の姿というのであります。

7. 教育について

人間の幼い時期が、最も深く当時の印象を意識しているものです。学校で先生に誉められたことや叱られたことが特に印象に残ることは、誰しも体験することです。私事ですが、小学校四年から六年まで、橋本剛先生という若い先生に教わりました。先生は、大変教育熱心な方でした。五年生の時、修身の時間に、

成せば成る　成さねば成らぬ何事も

という諺を教えていただきました。始めはなんのことやら分かりませんでしたが、先生が熱心にその意味を説明してくださったので、子供心にも「やればできるんだ」ということを理解できたのでした。それが私の人生の支えとなって今日《こんにち》の姿となったものと、橋本先生に深く感謝しております。

私は片田舎の農家の長男として生まれました。当時（七、八十年前）は農家の生活は貧しいもので、小遣いなどはほとんどなく、年に一度の塩釜神社のお祭りに二十銭の小遣いをもらうのが何よりのお金でした。お祭りを見に行くのに七銭の電車賃が惜しくて、塩釜の町まで一里半（約六キロメートル）の道程《みちのり》を、友人と徒歩で往復したものでした。それで、かねてから欲しかった「人のためになる本」をちょうど二十銭で買い求め、うれしい気持ちで胸をいっぱいにして、また六キロメートルの道程《みちのり》を徒歩で帰ったのでした。家に帰って仕事の手伝いをしながら、暇を見つけては買ってきた本を読みふけったものでした。ところがその本に、橋本先生に教わった「成せば成る、成さねば成らぬ何事も……」の諺が説明されていたのでした。それを読んだ時の喜びは、天にも昇る喜びとはこの気持ちのことでしょうかとうれしくてうれしくて、その本を何度も読みました。人間の生活について、いろいろなことが書いてありました。

私は家督に生まれ、農業を継がなければならない立場にありましたが、十三歳（満十二歳）の時、家を継がないで寺へ入って修行したいと言い出し、父親に反対され、親戚からも反対されました。が、百姓では世の中に馬鹿にされる、寺に入ってできる限りの努力をして、人に尊敬される立場の人間になりたいという夢があったので、父親の意見も、他の人の話も聞こうとはしませんでした。ただ、母親だけがそのような因縁によって生まれたので仕方がないと、承知してくれたのでした。それで、高等小学校の卒業を待って、十四歳の四月に仙台の法運寺という日蓮宗の寺へ弟子入りをしたのでした。その後、一年足らずで師僧に遷化され、二年後、身延山へ行き、祖山学苑に学び、その後、東京に出たり仙台に戻るなどして、昭和十三年、東京へ出て、立正大学専門部宗教科に学ぶことになったのでした。

それで橋本先生とは、仙台と東京にところを異にし、なかなかお伺いもできかねておりましたが、何十年ぶりかで平成四年十月上旬に、先生のお宅へお伺いすることができました。八十八歳にもなられた先生は、ご病気療養中でおられましたが、何十年も昔の教え子のことを覚えておられ、

「ああ、菊田君だね。君たちを四年生から六年生まで受け持ちだったね」

と、満面に笑みを浮かべて話された時は、さすがに恩師の愛情に、胸の痛みを感じました。半世紀以上、七十年に近い年月、その間、二、三回は同級会でお会いもしましたが、永年の間、教え子の姿を先生の胸の中に温めておられたことは、本当に感激でした。もちろん、先生には毎年年賀状の御挨拶は欠かさなかったのですが、面接の瞬間に顔と名前が一致したことは、不思議とも思い

ました。まったく小学生の児童に還ったような喜びでした。これが教育愛の偉大な人間像であると、痛感した次第です。

喜寿をすぎ　恩師に会えた喜びは
　三歳児《みつご》の母に　会えるに似たり　　　貫雅

その後、先生には薬石効なく、ついに翌年九月、満八十九歳の御高齢にて御逝去なされました。御生前中にもう一度お会いいたしたく思えて、誠に残念でした。私の心の育ての親としての、先生の御冥福を衷心よりお祈りいたしました。

教育とは、基本的には愛情による人格の交流です。教師と学生、生徒、児童との関係における人間像の人格交流が、教育の活動でなければならないのです。人間の生活能力の啓発と、適性に応じて成育するためには、教育活動が不可欠で、それによって社会の確立と発展に要する自覚と行動力が養成されるのです。

我が国の教育基本法には、その主旨として、民主的で文化的な国家を建設し、世界平和と人類の福祉に貢献するところの理想実現のための教育活動を基本とし、個人の尊重と道理を希求する人間の育成、および普遍的にして個性の豊かな、しかも文化の創造を目指す教育、とあります。

第一条の目的として、人格の完成と国家および社会の平和の形式に奉仕する人間、責任と義務を重んじ、しかも自主的精神に満ちた心身と健全な人間の育成とあります。

これは、最高学府における教育基本法としては理解できますが、教育は、具体的には幼児、児童生徒、および高等教育を施す学生に至るまで広範囲におよぶもので、一律に基本法として、これほどまで教育的希求の羅列をしなければ、基本法としての意味をなさないものでしょうか。私は国の法律を云々《うんぬん》する心算《つもり》はありませんが、教育は単なるカリキュラムの活動ではないと思います。もちろん、教育には計画と実践があり、実験も実務もあり、統計も必要となることは事実です。しかし、人格の価値観や人間性の意義、教育の本質などの重要問題を考慮せずに教育活動をなされるとすれば、その教育活動は無意味のものとなり、有害の現象となる可能性も潜んでいると思います。要するに、教育の基本は、未成熟の者を対象として、知性、情緒、意志の諸能力を啓発し、社会性の自覚と行動力を育成することで、教育活動の基本的条件は、教師と対象者との人格の交流であります。

教育の主旨や目的は、教師の人格才能において対象者（学生生徒）に具体化されるもので、理想的教育には、理想的人格と才能を兼備した教育者を必要とするものです。

教育活動の理想実現には、国家社会においてこのような教育者を養成することから始まるものであります。

しかるに、今日の教育的概念は、教育基本法とは大分分離したもので、学生生徒の知的能力の啓発にのみ重点を置き、その能力により開発されるものは、社会的生産性の向上に他ならないのです。確かに、社会機構の概念において、以上の理由は重要なことではありますが、それは唯物主観によるもので、社会活動の因果律を蔑《ないがし》ろにするものです。

社会におけるお互いの思いやりとか、謙譲《けんじょう》の精神、譲歩《じょうほ》の念や感謝の気持ちは薄らぎ、ただただ自己本位の対立感情にかられ、精神的にゆとりの欠けた社会機構となっているのです。このような社会の姿は、決して文化国家の社会像とはいえないと思います。いつだったか、JR線の電車で、日暮里駅から東京駅まで行きました。車内はかなり混んでいたので、入口のドアの脇に立っていました。座席の一部に、高校生か中学生らしい何人かの生徒が席を占めて、何やら盛んに話しこんでいました。電車は上野駅にさしかかり、乗り降りの人で大分席が変わりましたが、例の生徒の一群は、相変わらず話しこんでいました。乗客も車内に大分乗りこんできました。その中には老人も何人かいましたが、左右を見ながら立ったままでした。それでも、生徒たちは年寄りのために席を譲ろうともしませんでした。その車内に、大分前から席を探そうともしないで吊革を持ったまま立っていた、かなり年配の外人を見ました。彼は、公徳心の欠けた日本の子供たちをどのように見たのでしょうか。確かに、社会性の欠けた日本の子供たちでした。私はとても恥ずかしい思いにかられ東京駅で電車を降りたのでした。これは教育の貧困であると思いました。日本の現代の教育には、社会性も公徳心も欠けているように思います。私はこのような状況をときどき見ることがありますが、利己的な人間の姿を見て、ゆとりのない気持ちをあらわにする同じ日本人の姿に恥ずかしい思いをいたします。これは、児童生徒の義務教育において、人格陶冶の道徳教育を軽視する結果として現れた社会現象です。

社会機構の条件は、人間の知的能力のみでなく、また、社会活動は生産性の開発向上のみではありません。最も重要なことは、社会の一人ひとりの人間が、理想的に人格陶冶されたゆとりのある人間同士によって築き上げられた社会機構でなければなりません。いろいろな社会の形態には、文化的社会、宗教的社会、政治、経済的などの社会機構があり、それらの社会の目的は、それぞれの社会の方針の維持と進歩発達であり、平衡調和《へいこうちょうわ》なのです。

その目標の具体化は、その社会を構成する人々の理想実現の努力と、それによって得られた幸福感（満足感）です。

その社会機構において、年齢的格差により幼児は、その親または大人の保護圏内にあることで、社会機構の範疇から除外されているようにも見えますが、それは社会的矛盾ともいうべきものです。「子供は国の宝、世の宝」という言葉を昔の賢人が残しました。しかし、社会的生産性の側面から、幼児は未だ歳月の格差があるといいますが、将来は必ず社会人として活躍する存在です。それで、幼児期における人間形成の基礎的育成が、重要な段階にあるのです。いかなる社会人も、この時期を経過するものです。従って、この幼児期における社会的人間形成が、問題となるのです。
ここにおいて、日本国憲法の趣旨に従って、一九五一年五月五日に児童の幸福をはかるために、児童憲章が公布されたのです。すなわち、

児童は、人として尊ばれる。
児童は、社会の一員として重んぜられる。
児童は、よい環境の中で育てられる。

という原則に従って、十二項目によって説明されています。その第二項目に「すべての児童は、家庭で正しい愛情と知識と技術をもって育てられ、家庭に恵まれない児童には、これらに代わる環境が与えられる」、第四項目には「すべての児童は、個性と知能に応じて教育され、社会の一員としての責任を自主的に果たすようにみちびかれる」、第五項目には「すべての児童は、自然を愛

し、科学と芸術を尊ぶようみちびかれ、また、道徳的心情がつちかわれる」、第六項目には「すべての児童は、就学のみちを確保され、また、十分に整った教育施設を用意される」、第十二項目には「すべての児童は、愛と誠によって結ばれ、よい国民として人類の平和と文化に貢献するようにみちびかれる」と示されています。

この児童憲章の精神は、児童の社会的人権の確立であり、児童は成人となる過程において、人格陶冶の教育を受ける権利があることを示すもので、それは児童の親権者、および国家社会に義務づけられるものです。また一九五五年一月、国連総会において児童の権利宣言がなされ、人種的、宗教的に無差別にして、平等に教育を受ける権利を有するという児童の権利が、法的に保証されました。幼児および児童における人格陶冶は、やがて成人した段階において、社会人として、また、国民として人間形成の完成された人間像でなければならないという重要課題があるからです。

しかるに、現代の教育活動における諸問題は、人間を生産機構の要員として価値づけようとするところに、教育の偏見があります。すなわち、教育機関である学校が、すべて就職の門戸としての存在であるように思われます。学校の種別により、専門分野で社会に即応する課程を修得する職業校も、一般教養を無視するものではありません。ましてや、一般教養を学習する普通科の教育機関においては、高尚な社会的自覚と識見を修得し、これを生産性の内面的精神活動の原動力とすべきであると思います。しかるに、外面的生産性の向上が、現代の我が国の経済機構となっており、生産の形に添う影は多額の人件費となり、この形と影の関係が、悪循環の形態をなしているのであります。

世界最高の物価高の経済状態は、この悪循環による因果律の現象で、国民の生計費はまだまだ上昇することでしょう。これでは、我が国の経済大国も紙上《しじょう》画餅《がへい》の虚像となる可能性があるように思われます。現に、統計的に今後十年の歳月を待たずして、生産活動をする中堅層の五人が、老人一人の生活を保障しなければならない比率であるとか。これは計算上のことですが、その時期には計算外の恐るべき悲惨な社会現象が予測されるのです。それは前に述べた通り、教育の盲点であるところの、人間形成の重要な時期に、人格陶冶の適切な教育を怠っていることです。道徳教育や宗教教育の徳育を無視し、実利主義の社会情勢の中に成長して、十年、二十年足らずして社会人となった時、たとえ自分の親でも親切な孝養を尽くせるでしょうか。

日蓮上人は、刑部左エ門尉女房《きょうぶさえもんのじょうにょうぼう》御返事に、「たとえ親は十人の子を養えども、子は一人の母を養うこと難《かた》し、温かなる夫をいだいて伏せる女房はあれども、凍《こご》えたる母の足を温める女房はなし」といわれています。真《まこと》にこの現実は今日《こんにち》の世相であります。夫婦と子供の家族生活が主体で、親年寄りは過去の存在であるという考えが社会通念となりつつあることを、誰がこれを否定するでしょうか。国の老人福祉の謳《うた》い文句も絵空事《えそらごと》となり、福祉政策も破綻《はたん》をきたし、結局は自分のことは自分でやる以外に道はなくなるでしょう。その時の社会的混乱を、現在の政治家や経済界の人々は、どのように考えているでしょうか。一部の資本家が独占する蓄財を、国民はどんな解釈をするでしょうか。自分の住んでいるところが混乱すれば、ところを離れるのは生命体の本能です。財力のある者は、混乱する日本を捨て、外国に安住の地を求めるでしょう。その時、日本の社会状態は破綻の姿となるのです。そのような社会には絶対にならないと、誰が断言できるでしょうか。

このような悲惨な社会現象が現れる前に、国家社会の人々が社会的自覚をもち、目前《めさき》の享楽《きょうらく》主義や功利主義を反省し、教育本来の誠の心を育成するための目標を確立し、その目的を実現するために努力し、光明、尊厳、慈愛の神仏の尊徳と融合する真、善、美の人格の価値観を教育の効果として、社会的に具体化するための精進《しょうじん》に励むべきです。すなわち、教育の根本的理念は、前にも述べた通り、形式的知識や知的能力に偏することなく、知情意の心の働きの調和した、精神的健康的な社会性の徳育を実現する、人間像の確立でなければなりません。
いわゆる日蓮上人の開目鈔に示された三大誓願によるところの、

我れ日本の柱とならん
我れ日本の眼目とならん
我れ日本の大船とならん等と誓いし願破るべからず

との大誓願の大信念の啓蒙《けいもう》です。日本とは世界を意味するもので、ここにおける「我れ」とは、日蓮上人が信念をもって代表されるところの、後世の日本国ないし世界の人々を意味するものです。このように、社会的自覚をもって各個人それぞれが日本ないし世界の柱となって責任をもち、自分の生活能力をもって世の中を支える信念と各自が世の中の眼目となって国の政治経済、またはいろいろな世相の現象の善悪真偽《しんぎ》を正しく思考判断し、世の中の大船となって社会のため滅私奉公し、また、自然界に至るまで広大無辺の愛情を注ぐ信念を啓蒙《けいもう》育成することが、教育の真髄《しんずい》ということです。この教育活動を、人間像の確立というのであります。

8. 個人的生活における人間像

宇宙森羅万象の中に存在する人間を始め、すべての生命体の絶対的現象は、生死《しょうじ》の二法《にほう》です。すなわち、生きているものは必ず死亡し、形ある物の存在は消滅するという自然の法則による現象です。

日蓮上人は、松野殿《まつのどの》御書に「つらつら世間を観ずるに、生死無常《しょうじむじょう》の理《ことわり》なれば、生《しょう》ずるものは必ず死す。されば憂世《うきよ》の中のあだ、はかなきことたとえば電光の如く、朝露《ちょうろ》の日に向かって消ゆるに似たり。風の前の燈《ともしび》の消えやすく、芭蕉《ばしょう》の葉のやぶれやすきに異ならず。人皆この無常をのがれず終《つい》に一度は黄泉《こうせん》の旅におもむくべし。しかれば冥途《めいど》の旅を思うに闇々《あんあん》として暗ければ日月星宿《にちがつせいしゅく》の光もなく、せめて燈火《ともしび》とてともす火だにもなし、かかる暗き道にまた伴う人もなし」と示され、また、持妙法華問答鈔《じみょうほっけもんどうしょう》に「生涯幾《しょうがいいく》ばくならず、思えば一夜の仮の宿を忘れて幾ばくの名利をか得ん。また、得たりともこれ夢の中の栄え珍しからぬ楽しみなり。ただ前世《ぜんせ》の業因《ごういん》に任せて営むべし。世間の無常を悟らんことは眼《まなこ》にさえぎり耳にみてり。雲とやなり、雨とやなりけん。昔の人はただ名をのみ聞く、露とや消え煙とや昇りけん。今の友もまた見えず。我れいつまでか三笠の雲と思うべき、春の花の風に従い、秋の紅葉《もみじ》の時雨《しぐれ》に染まるこれ皆永らえぬ世の中のためしなれば、法華経には、世は皆牢固《ろうこ》ならざること水沫泡《すいまつほう》烟《えん》の如しとすすめたり」と、また、妙法尼御返事《みょうほうに》に「賢きもはかなきも、老いたるも若きも定めなき習いなり。されば臨終《りんじゅう》のことを習《なろ》うて後に他事《たじ》を習うべし」と示されています。これは、人間の絶対的現実性を説かれた人生哲学であると思います。

誰もが知っている通り、人間は死の現実に至るまでの生命の活動を人生といいますが、人生は、諸行無常《しょぎょうむじょう》といわれています。宇宙森羅万象ことごとく有為《うい》転変《てんぺん》で、常住不変《じょうじゅうふへん》のものは何一つとして存在しないのが自然の現象です。苦しみがあり、楽しみがあり、悲喜こもごもの現滅の日々が、人間の生活の姿です。光陰《こういん》矢の如しといわれていますが、一年は三六五日もの日数があり、その二十四倍の八七六〇時間の時の刻みがあります。その莫大《ばくだい》な時間をなんとなく過ごして十年一昔《ひとむかし》といっています。往時《むかし》は人生五十年といいましたが、最近は人生八十年という時代になり、二万九二〇〇日の日数を数えることになり、しかも、時間としては実に七十万八〇〇〇時間の貴重な時の刻みを宇宙の真実在（神）から与えられているのです。この莫大な永い時間帯に人間は、生命の活動として何を成し遂げるのでしょうか。己れの欲望の日々に明け暮れ、私利私欲に歳月を費やし、儚《はかな》い人生で生涯を終わるのが大半ではないでしょうか。恥ずかしながら、かくいう私もその中の一人として、反省している者であります。

個人的人生観を考えてみると、個体としての個人はあり得ません。人間はすべて社会の一員として生活するもので、純然たる個人は存在しないからです。社会の中に生きる個人の生活を全うする条件には、次の三つを必要とするものです。その第一は健康管理、第二は経済管理で、第三に精神管理です。

第一に健康管理について考えてみますと、健康とは、一般的に肉体的に考えられていますが、文字の意味からも、ただ単に身体に限定されるものではありません。「健」は身体の健全の意味ですが、「康」は心の安《やす》らかを意味するものです。躰が健《すこ》やかで内臓機能に不調もなく頑健《がんけん》な人間でも、心が心配苦悩の雲に覆われ、康《やす》らかでなければ、安穏な生活とはいえないものです。やがては心のストレスから五大の不調となり、病の原因となるのです。これは単なる肉体的疾患とは異なり、純医療、純薬事治療では全治の可能性が少ないものです。「病は気から」といわれるように、昔から名医は患者の精神的治療をもととしたものとされています。

私事ですが、自分がまだ片田舎の小学生の頃、文倉清先生という方が高等小学二年生の自分たちの受け持ち担任の先生でした。その先生はお若い頃にご病気をされたので、健康には特に注意されておられました。最も印象的なことは、昼のお弁当の時間に、先生は本を読みながら、ゆっくり食事をしておられました。私たち児童はよく噛まないで早々《はやばや》と食べ終わっては、勝手な話をしたりして、教室は騒がしくなるのでした。ところが平常《ふだん》は温厚な文倉先生は、食事の時間には厳しかったのでした。

「食べ物は、口の中でよく噛まないと、食べた物は栄養にはならない。二十回も三十回もよく噛むことが食べるということだ」

と叱られました。叱られた時はよく噛んで食べましたが、すぐ忘れて、また叱られるのでした。そんな毎日が続いて、文倉先生の「食べることはよく噛むことだ」という言葉が耳に残り、それが習慣となり、よく噛まないと飲みこめないようになったのでした。それが成人しても習慣づいて、今日《こんにち》に至っています。そのためか、八十七歳の今日《こんにち》まで、胃腸障害を起こしたことはありません。もちろん、病気らしい病気にかかったこともありません。かの支倉先生は、八十四歳の天寿を全うされたのであります。

仏教の作法に、食事をいただく時の食法《じきほう》というのがあります。すなわち、

「天の三光（日月星）に身を温め、地の五穀（米、麦、豆、あわ、きび）に精《たま》神《しい》を養う、皆これ本仏の慈悲なり。たとえ一滴の水、一粒《りゅう》の米も功徳《くどく》と辛苦《しんく》によらざることなし。我れらこれによって心身の健康を全うし、仏祖の教法《おしえ》を守って四恩（父母の恩、国の恩、衆生の恩、三宝の恩）に報謝し、奉仕の浄《じょ》行《ぎょう》を達せしめ給え」

と、これは仏教の知恩報恩の感謝の教えであり、しかも、根本的な人間の道であります。人間はとかく生きるために最も大事なことを蔑《ないがし》ろにするものです。仏教の教えは、人間の生命の活動の理念、すなわち、人間の生活の道を説いたものです。毎日の生活にもしも食べる物が欠乏したら、どんな苦痛を感じるで

しょう。五十幾年か前の、あの世界大戦の最中《さなか》や、次いで我が国が敗戦となった戦後の何年かは、餓鬼道のような食べ物のない時代でした。あの時は、生きるためにはどんな物でも、好き嫌いはいっていられませんでした。

地方の農家はともかく、その他の都会生活は、芋や大根などが常食で、さつま芋の茎やどんぐりなども食料になったものでした。都会の主婦は食料の入手に必死で、地方の農家へ自分の大事な着物やその他の貢ぎ物《みつもの》を持って買い出しに行っては、わずかの米麦や芋類を買い集めて、子供や家族の食事をつないだものでした。それから二十年か三十年と過ぎ、五十年の歳月が流れた今日この頃では、食べ物は食べ放題、生活用品は世の中に溢れ、食べ物や物資に対する感謝の念は、芥子粒《けしつぶ》ほども見られない時代の姿となったのです。それにもまして、日本国内の山間僻地《さんかんへきち》に至るまで自動車が走り回り、排気ガスが公害のもとを作り、人々は歩くことを忘れるのではないかと思われるほどで、交通事故による死亡者は年間一万人を超えている有り様です。都会の道路は自動車でひしめき合い、人間の歩行すら身の危険を感じています。

また、自分の健康についても緊張感が解放され、いつも健康であることが当然のようで惰性的《だせいてき》となり、健康に対する感謝の念もなく、躰《からだ》については何の注意もなく暮らしているのが普通のようです。しかし、病気にかかってからでは遅いのです。崩れた石垣を元通りにするには、大変な手間と費用がかかるものです。

本来は、一般社会の人々の健康相談をし、健康診断を行い、健康管理を維持する目的のために病院があり、医師の存在することが社会的に理想であると思います。このような理想像が実現すれば、今日《こんにち》の如き国家予算としての莫大な保健医療費は半減されることだろうと思います。

私がまだ十歳ぐらいの時でした。父はタバコを喫《の》んでおりました。その香りが、子供の私の臭覚を刺激したものでした。それで、自分でも試したくなったのは、独り悪童の私だけではなかったと思います。父の喫《の》んでいた「ゴールデンバット」というタバコを、盗み喫みしたものでした。そのタバコの煙にむせかえったりしました。そんないたずらをしていることが父親に知れて、さんざん叱られました。

「タバコは子供の喫《の》むものじゃない。タバコは子供には毒だ」

と言われたのでした。私は叱られたことと、子供に毒なものを大人が喫《の》んでいいのか、他の食べ物は親子一緒に食べるのに、タバコはこんなに怒られるほど悪いことなのかと思うと、何か不可解なものがありました。誰かに聞いてみることもできず、しばらくは子供心に悩ましい日が続きました。そしてある時、タバコの毒を試すことに気がつきました。タバコの煙に毒があるらしいから、それを試してみようと思ったのです。父親の留守を見はからって一本のタバコに火をつけ、煙をガラスの管（試験管）に入れ、一本分の煙を入れてコルクの栓で静かに押してみました。子供心にもいたずらを工夫することの好きな自分は、「ヤッタ！」と思いました。案の定、試験管の底に黄色い水滴がほんの少したまっていました。それを細い木の小枝の先につけて、庭先をチョロチョロ歩いていた黒蟻につけてみました。二、三回続けてみると、その黒蟻は歩けなくなったのです。別の蟻に試してみました。ところがその蟻は、一回で動けなくなったのです。確かに、このタバコの煙の水滴は毒だったのです。

私はこのいたずらをしたことで、父親に「タバコは子供には毒だ！」と厳しく怒られたことが分かりました。その父親に怒られたことより、蟻が死んだこと、タバコに毒のあったことがもっと恐かったのでした。しかし、それは誰にも言えませんでした。それから私は、タバコを口にしたことはありません。父親の言ったことは本当だったのです。私は子供心にも、その恐さを体験したのでした。

世の中では禁煙とか、タバコをやめるとかいわれていますが、その中毒になった人は、毒を承知でなかなかやめられないものです。それが悪いものだからやめようと思うだけで、いわゆる観念的発想だから実行が不可能なのかもしれません。それを自分で実験的に一箱分か二箱分のタバコを少量の水に入れて、その水を害虫駆除に試してみることです。そうすることで、簡単に禁煙の実行が可能であると思います。私はタバコを口にすることなく今日《こんにち》（八十七歳）まで暮らしてきて、健康上大変な幸せを感じています。

また私事ですが、現在の寺に住職して六十年以上になりますが、四十五、六年ほど以前に檀家の塩沢さんという方から、酒の効能についての体験談を聞いたことがあります。それは、彼が何年か前から慢性の胃腸障害で苦しんでいて、いろいろな医療や薬などで治療を試みましたが、一向に効果のなかった時、ある老医の勧めで飲酒療法を試してみたというのです。その老医の説によれば、毎日盃《さかずき》に三盃《ばい》の日本酒を飲むことを実行するということです。彼はもともと酒は苦手でしたが、夕食時に我慢して三盃の日本酒を飲むことを実行したそうです。ただし、老医の注意として、必ず三盃を守ることとし、絶対に一合を越してはいけないとのことでした。彼は老医の勧めを実行して、約一カ月ほどで永年の慢性の胃腸病から解放されたということでした。この体験談で、私は「酒は百薬の長」という諺を思い出し、自分でも若い時から酒は嫌いでしたが、薬なら嫌うことはないと思い、四十歳を過ぎて日本酒の晩酌を、健康のために始めました。量にしてはごくわずかでも、好きでもないので大儀なものでした。食事をとりながら飲んだものでした。ところが、度重なるうちに酒の味を覚えて晩酌が楽しく、夕食が待ち遠しくなったのでした。しかし、三盃の量は固く守らねばなりません。一時は三盃だけでは心細く感じました。しかし、己れに克《か》つことが大事であるという信念で三盃の晩酌を守り通し、これを習慣づけることが最も理想的方法として今日に至っています。この体験から、日本酒の三盃は健康のためには妙薬《みょうやく》の般若湯《はんにゃとう》というものです。

その後、私は風邪もひかず、もちろん、病気になることもありません。そのためか、私は戸籍年齢より生活年齢が十年も若く見られているようです。私はこの体験をいろいろな機会に数知れないほどの人々に話し、三盃《さんばい》の日本酒を飲む健康法を勧めましたが、四十幾年後の今日《こんにち》まで、それを実行しているという人を知りません。また、私は毎朝血圧を測り、脈拍とともにグラフに記入することを習慣としています。これは自分なりに体調に注意し、己れの健康に自信をもつことで、生活の指針となっています。己れの健康を自分で維持することが、最も理想的な健康管理の生活というべきです。好きなものといっても、無分別な飲食は身のほども知らぬ者というべきです。

「腹八分目に医者いらず」という諺は、昔から人間の弱い気持ちに対する健康管理の名言であると思います。

成せば成る　成さねば成らぬ何事も
成らぬは人の　成さぬなりけり
古諺

これは私が小学生の時、橋本先生から教わったものですが、いつでも心の支えとして私を励ましてくれる名言です。

ごく単純なこの健康維持の条件を各自が自覚し、これを実行するならば、世の中の人々が無病息災にして、健康な社会の姿になることでしょう。

次に経済管理のことですが、無一文では夜も日も明けぬ現代においては、金銭がなくては一日も暮らせないことは確かです。金銭《かね》は世の宝といわれますが、それは人間という特殊な生命体にのみ威力を発揮するもので、他の動物には微塵の関心も興味もない代物《しろもの》です。それが文化社会の人間には生命《いのち》に次いで大事なもので、大変な魔物となるものです。善につけ悪につけ、金銭の力が国家社会を制覇《せいは》しているのです。国家の経済政策はもちろんのこと、国際交流においてもその基本となるものはすべて金銭です。天災による多数の被災者が救われるのも、天候の異変による食糧難の民族が救済されるのも、その他福祉医療、教育、文化など、あらゆる面に金銭の威力が発揮されるものです。しかるに、金銭のために貴い人命が失われ、また、永年努力を積み重ねた善行功績も、金銭のからむ犯行で一瞬にして地に堕ちてしまうこともあります。最近、ニュースなどを賑わせている贈収賄事件、横領詐欺事件など、とかく悪事はほとんど金銭にかかわるものです。

人間の一生に必要な金銭は、確かに相当の多額です。しかし、その多額の金銭を揃えておかなければ一月、または一年の生活が不可能というものではありません。真面目に働くことで、その都度の必要額と将来のための資金を確保すれば、生涯の経済は安定するはずです。

河鼠《かそ》黄河《こうが》の水を飲むも満腹に過ぎず　古諺

黄河河畔に生息するねずみが欲張って黄河の水を飲んでも、ねずみの腹の中の量だけでわずかなものであるということで、世の中の莫大な金銭を我がものにせんと欲張っても、その人間の生涯は百年足らずが限界です。金銭《かね》の亡者《もうじゃ》になってあくせく貯めても、金銭《かね》で生命《いのち》を買えるわけでなく、金銭がその人間の死後までも幸福を保証するものではありません。むしろ多額をもつことによって、いろいろな思わぬ災難を招くことになるものです。

金銭は無けれゃ困るが欲張れば尚困る　貫雅
名も金銭《かね》も暫し浮世の夏の夢　貫雅
貯まる程貧乏になる　金銭《かね》の慾《よく》　貫雅

私事ですが、六十幾年か前に、仙台の法運寺へ修行のため入門いたしました。その寺の住職の奥様で、梅森まつ様という方がおられ、私はその方によく面倒を見ていただいたことは、今でも感謝の念を新たにしています。その奥様に、「お金は生きているものだよ。大事にすればその人のところへ集まってくるものだよ」

と教えていただいたことがありました。片田舎の農家に育った私には、聞いたことのない言葉でした。なるほど、そういうものかと、その言葉が深く心にしみこんだものでした。その当時は、

一銭を笑う者は一銭に泣く

という諺がよく世間でいわれていました。小遣いに不自由して育った私には、素晴らしい金言でした。後になって皺《しわ》になった一円紙幣がなんとなく気になって、アイロンで皺を伸ばして使いました。今でも千円札や一万円札の皺が気になり、アイロンをかける習慣が続いています。また、その奥様に、

「人の倍働いて半分使えば、人は貧乏しないもんだよ」

と教えてもらいました。なるほど、そのお言葉も私の胸の奥深く残り、今日《こんにち》まで支えとなってくれました。人間は、巨万の富《とみ》をもつことだけが、人生の目

的ではないはずです。人生の目標は、人それぞれの希望をもって、己れのもつ特長のある生活能力を発揮して、自分の幸福だけでなく、社会の幸せを実現させるための責任があるものです。それには、自分が貧乏して世間の世話になっては、どんな立派な理想も計画も、全部が無意味なものとなるのです。

よく働いて収入の半分を残すような使い方をすれば、将来も安心して暮らせるし、また、働く張り合いもあるものです。今日《こんにち》とは時代感覚が違っていて、昔は若い者から年寄りに至るまで、働くことが本分で、八時間労働などは怠け者の働きでした。人の倍働くことは、仏教の止暇断眠《しかだんみん》という教えにあるように、理想を実現するためには暇を休まず、一寝《ひとね》する時間をなくし、努力精進《しょうじん》すべきであるという意味です。時計を見ながら帰る時間を気遣う輩《ともがら》とは、わけが違うのです。人の倍働く人は、仕事に熱心であり、しかも仕事が楽しいのです。それは、仕事の中に自分の姿があり、一心同体の関係において活動しているので、己れの生活能力がその仕事に注がれ、当然に効率は増進し、仕事の成果が上昇するものです。

それに反して、仕方なく働く人は、半分の仕事で倍も疲れるものです。それでは仕事は順調に続くわけがありません。そんな人に限って仕事は半分、収入は倍も欲しいという気持ちがあります。それを彼らは生産性の効率と称して、仕事の効率を労力以外の方法に転換し、自分の労働を軽減しようとするのです。しかし、生産性の効率は、無から有を生ずるものでなく、肉体的にも精神的にも「効率の価値に相当する力量」を必要とするのです。これが自然の法則で、力学的にも効率の原則です。

しかるに今日《こんにち》の世代は、この法則を無視して、生産性の効率の原則を錯覚する傾向があるように思われます。何事も合理的とか、能率的とかで急速に結論づける形式をとる時代となっています。因果の理法は安易な合理主義などで解決するものではありません。時間も労力も念頭になく働く人から見ると、週休二日制などは意味のないことと思います。

休日といえば、外出して遊興することの意味に解釈しているのが、今日《こんにち》の日本社会の趨勢《すうせい》です。それで休日ともなれば、行楽地への交通機関は超満員となり、道路は自動車の列で一寸づまりの有り様で、車の役をなさない状態です。これでは楽しみに行くのか、苦労しに行くのか、まったく分別がつかないことになります。また、その外出のための費用は、平常《ふだん》の生活費を大幅に超過するわけです。この費用を彼らは、若い時の当然の生活費として考えているでしょう。しかし、若い世代は二度とない時期で、この時期に人生の娯楽を充分に味わい、それを楽しい思い出とすべきであると考える人生観も無意味なことではないことも理解できます。が、二度とない若い世代は人生のうちで最も重要な時期であるため、人生の楽しい思い出を充分計画考慮し、月に一度の割合にすべきで、他の大部分は生涯の要《かなめ》となる中年期までの経済管理の合理化を考え、無駄のない経済力の貯えを実行すべきです。やがて中年期の家庭運営の基盤となり、生涯の安定性を築くものです。人生の若い世代とか、中年期、老年期とかは、その年代ごとに断片的な時間差があるものでなく、一貫した継続性のものであることは誰もが知ることで、例外なくいつとはなく、その年代を過ぎているものです。そして身体的にも、経済力的にも老化していくものです。その老後の生活の安定を考えることは、生活能力の盛んな時で、遅くとも中年初期にその対策を考慮すべきです。

家庭生活において必要な事物の欲求を充足することは当然のことですが、その必要とする欲求の程度に各自各様の相違格差があるものです。事物を選択する時、必要度に合わせて充足することが、経済的設計です。この設計には、個人的生活と社会的生活の両面があります。個人的生活は、経済的消費型であり、社会的生活は、生産性を伴うものです。それで、社会的生活における事業の内容によっては、借金も資本のうちという他力本願の形態もありますが、個人的生活には借金は絶対禁物です。毎日の生活費、育児費、病気治療費、子供の教育費、家族の教養娯楽費などに至るまで、個人の生活形式に含まれるものすべてが消費型です。これらはすべて自己資金で賄《まかな》うことが原則です。自己の経済能力で賄う可能性を、個人経済の安定というべきです。個人経済の安定には、もう一つの側面があります。すなわち、前述の通り、働ける時に生活経済に十分注意した設計を立て、収入の無駄遣いを省《はぶ》き、老後のためおよび不時出費の時に備えて貯えるのが、安定した個人経済です。

人間はすべて急に老人になるものではありません。七十歳になるには、七十年の歳月がかかります。これは誰もが承知していることで、例外はありません。しかるにこの人生の諸行無常《しょぎょうむじょう》の現実を、若い時に考える人は稀《まれ》です。前にも述べた通り、若い時は働ける時期であり、収入もあるはずです。しかし、若気《わかげ》の至りで将来を考えず、目前《めさき》の享楽《きょうらく》の幻の渕に溺れる者が大半で、目が覚めた時は生活能力の衰えた老年初期になっているものです。その時になって国の年金が少ないの足りないのと愚痴《ぐち》を言い出すことになるのです。いかに国の経済力でも、ことに我が国の財政では、国民一人ひとりの満足する生活を保障することは不可能です。

木枯しの河原にゆれる　枯すすき
浮世の風に　姿かなしき
貫雅

このようなあわれな姿は、誰もが予想するものでもなく、望むものでもありません。しかし、因果の理法は厳しく、現代の二十代、または三十代の者が、このままの気持ちで三十年ないし四十年後には、予想もしなかった惨めな生活を強いられることになるでしょう。それを仏教の教えでは因果応報《いんがおうほう》、または自業自得《じごうじとく》というのです。

それで、前に述べたことを繰り返せば、自分の生活能力の充実している時に、自分の経済状態を考慮し、計画的措置を講じることが人生の経済確立の上策というもので、国の老人福祉制度を安易に当てにすることは最も不安なことです。

制度というものはあくまでも形式的で、しかも最低線のレベルにあり、内容は自力で獲得することが安全確実というものです。結局は老後を保障する者は自分自身であり、不時出費に備える生活経済の安定を図ることが、人生の経済管理というのです。

次は精神管理についてですが、これは前述の健康管理および経済管理とともに人間生活における重要な面です。

人間の生活は、身《しん》・口《く》・意《い》の三業《ごう》によることは前にも述べた通りですが、その中の意志の活動が、知能と感情との統合された精神活動です。躰《からだ》に五大（地水火風空）の不調（病気）があったり、経済的破綻《はたん》があれば、心の安定を欠くことは万人の必然的現象です。「武士は食わねど高楊子《ようじ》」という言葉がありますが、これは武士という誇り高き男の虚勢を示す人間の虚像であります。やはり人間は「貧すれば鈍《どん》する」で、貧乏しては精神的安定を欠くものです。しかし、その精神的動揺には個人的格差があるものです。病は気からというように、人それぞれに個人差があるものです。また、今日は今日、明日《あす》は明日で、なるようになるともいうように、物事を楽天的に考えることも、人によって思《し》考判断《こうはんだん》の異なるものです。自分の苦労は他人《ひと》には分かるものでないとか、また、他人《ひと》の痛さは三年も堪《こら》えられるともいうように、他人事《ひとごと》になると痛さつらさの実感は自分には分からないものですが、それが自分のこととなると、些細《ささい》なことも針小棒大に考えて悩むのが人間の常です。これは自分の苦悩の結果にのみこだわるためで、自分の気持ちが一方的に自分の苦悩に集中するためです。その苦悩の原因について、その前後をよく考えれば、苦悩は減少するものです。

日蓮上人は、「苦をば苦と悟り、楽をば楽と開き、苦楽ともに思い合わせて南無妙法蓮華経と唱え給うべし。これ自受法楽《じじゅほうらく》（真の幸福）に非ずや」といわれていますが、前に述べた通り、これは苦楽の因果《いんが》の法則《ほうそく》を説かれたもので、苦しみはいつまでも続くものでなく、その原因となる事情を思考判断し、善後策を考えれば、その苦しみも減少するということです。たとえば、人間の不可抗力の暴風雨でも十日と続くものでなく、「待てば海路の日和あり」で、嵐の後は必ずうららかな晴天となるのが自然現象です。人間は天地自然の中にあり、そして生命の活動もまた、自然現象と密接な関係にあるものです。

天地自然に晴れの日、雨の日のあることは自然の摂理であり、リズムであります。人間の苦楽もいわば一種のリズムです。そのリズムの調子に自分の気持ちを合わせることが、「苦をば苦と悟り、楽をば楽と開く」ことで、苦しい時はやがて楽しみの調子の出ることの希望をもち、楽しい時はその原因と結果によく感謝し、苦しみの反省をすることが、苦楽ともに思い合わせることです。

このように、苦と楽は対照的な表裏一体の心理作用で、苦しみのない生活に楽しみはあり得ないのは当然のことです。この意味を知ることが苦楽一体不可分の心の姿で、仏教の教えにある煩悩即菩提という言葉です。

人間は、苦しみも楽しみも一方的に考えようとします。これは欲望という魔物の仕業《しわざ》で、善につけ悪につけ、心の働きとなる感情と意志の活動が、苦と楽を一面的にみるためです。これを中和させるのが、苦をば苦と悟り、楽をば楽と開くという理性的意志活動です。

「諦《あきら》めは心の養生《ようじょう》」という諺がありますが、これはとかく苦労の多い生活を、次々と苦しみの現実を拾い上げても、なるようにしかならないことは仕方がないから諦めるという意味もありますが、諦めるという言葉は本来は仏教用語で、原因と結果についてよく考えて、その現実に関係する欲望や煩悩を因果の理法により、その素因《そいん》となる感情意識を消滅させることで、これが煩悩即菩提というのです。これに類する言葉で、次の諺があります。

成る堪忍は誰もする
　成らぬ堪忍　するが堪忍

という古い諺で、よく人に知られています。

ままにならぬは浮世の習いで、自分自身のことでも思うようにならないものですが、それが対人関係ともなればなおのことで、十《とお》に一《ひと》つでも満たされればよいのですが、まったくままにならないものです。その都度、感情的になっていては、いくら健康な人でもストレスで躰がもたなくなるでしょう。私は他から不愉快な刺激があった時、自分に語りかけるのです。「成る堪忍は誰もする、成らぬ堪忍するが堪忍」と。そうすることが、自分で自分を制することになり、理性が蘇《よみがえ》って平静になれるのです。そして心の動揺の原因となった刺激を、なるべく早く忘れるようにします。いつまでもイヤな印象となる残像を心のスクリーンに残すことなく、気持ちの転換と同時に打ち消すことです。心の中で何回か、「成る堪忍は誰もする」の諺をつぶやいて得た心の余裕は、個人的生活にも社会的生活にも幸福と平衡調和の基本的心情となるものです。

ところが、現代の社会生活によく見られることは、自分勝手な振る舞いが多いことです。電車やバスの公共的な乗り物に乗っても、道路上の車の走行状態を見ても、他人《ひと》を抑制して我れ先に行動する利己主義は、欲求の充足を極端に自己本位に考えることによるもので、幼児や動物に見られる本能的動作に類似しているものです。元来、社会生活の形態は、理性的に調整された成人の生活で、個人的にはゆとりをもち、互いに譲り合いの気持ちであるべきなのに、このような利己主義な行動は、自己の気持ちの安定も社会の平和もともに乱れることになるのです。

平和も幸福も誰もが本能的に求めるものですが、それは個人が独占するものではありません。その理由は、個人は社会の中にある個人と同時に、社会を構成する存在であるからです。すなわち、個人なくして社会の構成は不可能であり、その現実は双方が有機的に不可分の関係にあるものです。それで個人の幸福、または欲求は社会に関連するもので、非社会的幸福も反社会的欲求もそれが成立するものでなく、仮に個人的に幸福を独占することができても、それは理由のいかんを問わず、その考えは罪悪であり、また、その行為は犯罪となるものです。

我れありと思う心に　我れはなし
　侭《まま》にならぬが　その証《しる》しなり
貫雅

世の中に自分があるようでも、思い通りになる自分は存在しないものです。それは欲望という魔性が自分の心の中に潜んでいるため、自分の思い通りにならないものです。それで、個人（社会的自己）が努力精進することによって得た幸福は、それが社会の仕事に対して努力をして得た幸福という意味で、社会的幸福ということになるのです。釈尊が「我れあれば彼あり、我れ滅すれば彼滅す」といわれたことは、自己の存在を認めることで、その社会において生活能力を発揮することが、自己の存在を確立するということです。

たとえば、ここにある会社の新入社員がおります。彼の入社した会社には、取締役社長、専務、部長、課長、係長、一般社員などの職務階級と、また、先輩後輩の格差があり、彼は新入社員でまったくその会社の人事関係においての存在価値は些細《ささい》なものであり、しかも、彼の職務は見習い的なものであるとすれば、その形式的側面から考えると、彼には失望の念すら湧くことでしょう。しかも、彼は入社するまでの四年間の大学生活まで計算すると、少なくとも十六年間の学校生活を経て、人生の希望に胸をふくらませて、生涯の生活を夢に描いて選んだ職場です。その会社の様相がこれほどまで複雑多岐の道では、彼には失望することがあっても当然ともいえるものでしょう。もし、彼がこのように考えれば、その時点で社会的に敗者となるのです。しかし、その会社の社長も部長も、入社早々にしてその職に就いたものではありません。何年となく、その会社の経営に尽くした結果の役職です。しかも、社長も部長も自分と同じ人間であり、同じ会社に勤める同僚であると考えると、幾分気持ちが楽になってきます。なお、「我れあれば彼あり」という因果の理法を考えて、自分の存在を自覚すれば、職務に対する意欲が入社以前より倍増するでしょう。すなわち、世の中に数多《あまた》会社のある中に当会社に入社した因縁《いんねん》は、彼はこの会社にぜひ必要な存在であったわけです。その宿縁が彼を入社の現実として具体化したものです。たとえ現在は些細《ささい》な業務でも、その会社の業務の一部であれば「部分は全体を表す」という理論から、その会社の大事な業務の部分であることはいうまでもありません。彼がこの現実において因果の理法を考え、この点に最善の方法と最大の努力を注ぐことにより、自己の責任と義務を遂行するならば、彼はどんなにか職務が楽しく、効率がよく希望に満ちた毎日の勤務になることでしょう。かくすることが、いわゆる生命の活動であり、これが人間としての彼の存在であり、幸福の姿であります。すなわち、真の幸福は、前にも述べた通り、個人の生活能力をその職場において真面目に最大の努力をすることによって得られるもので、これが社会の幸福とも一致する条件において確立されるものです。これが生命の活動における信念です。この信念は人間の精神活動において偉大な力を発揮するもので、いかなる障害にも逆境にも耐え忍ぶ力をもっているものです。しかも、彼に神仏に対する信仰心があって、彼の生活能力にこの信念が結合すれば、その生活形態は、如風於空中《にょふうおくうちゅう》、一切無障礙《いっさいむしょうげ》と、空中における風が何の障害もなく吹いているようなものです。

このように、個人的生活における人間像は、健康的、経済的に、そして精神的に、以上述べたことに留意し、生活に自信をもつならば、いかなる人の生活能力にも偉大な力となってその生活を支え、その生活の目的を達成することが可能となるものです。これが個人生活における、人間像の確立であります。

9. 社会的生活における人間像

人間生活において、ほんのちょっとした油断が命とりになるものです。食生活においても感謝の念もなく、ただ、惰性的《だせいてき》に不注意な食事には病魔が潜んでいます。また、一本のマッチの火、一本のタバコの火が火災となり、家屋を焼失し、または、山火事の災害を起こすものです。一本のマッチの火も、タバコの火も、そのもの自体は些細《ささい》なもので、放っておいても自然に消えるものです。燃えやすいもの（これを縁《えん》といいます）がなければ、火事にはならないものです。また、山火事も枯れ葉や枯れ草のところへ捨てたタバコの火に、風が縁《えん》となり大事に至るものです。

前にも述べた通り、現代は交通戦争といわれています。国内の隅々《すみずみ》まで、道路という道路は自動車に占領され、激しい交通となり、人間はわずかの空間を身の危険を感じながら歩いている状態です。社会生活は一にも二にもスピード化して、忙しい時代となっています。人間の何十倍もの速力のある自動車やバイクです。目的地へ到着するのは、歩行時間に比べると大変な時間差があるはずです。果たしてその時間差を、有効に活用している人は何人いるのでしょうか。ただ速いことを目的として、時間差で得た貴重な時間を無駄にしている人が多いものです。

世の中で「自動車、バイクは便利なものだが命とり」という言葉もありますが、ほんのちょっとした不注意や無理が事故となり、命とりの惨事となるものです。誰もがよく知っている通り、道路は個人が独占するものではありません。公《おおやけ》の道路は、社会生活の血管のようなもので、人間の躰の動脈や静脈、毛細血管などに類似した、最も重要なものです。滞《とどこお》りなく血液が流れていることが健康体であるように、社会生活においても、スムーズな交通状態が社会生活の安全確立というものです。そこには、一人の自分勝手な利己主義者の欲望があってはならないのです。電車やバスの公共の乗り物でも、一人ひとりの注意や親切が社会の安定の基礎となり、その社会ないし国家の平和な環境が実現されるもので、小さな公徳心が偉大な結果を生むのです。

社会は単なる人間の集合体ではなく、人間の生命の活動体です。その現実が時間と空間においていろいろな変化の過程を経たものが、社会の歴史でありま す。その歴史によって培《つちか》われたものに風俗習慣があり、文化があり、共通の言語があります。そして、その社会組織が構成されることによって、社会を維持するために必要な条件が生まれ、積極性のあるルールが成立したものです。

このように、人間はそれぞれの社会環境の中にあって生活するもので、たとえば、経済的社会、政治的社会、文化的社会などの各種の社会層において、その社会組織におけるルールに制約されるものです。また、国家と国民のように、支配者と被支配者の関係において、それぞれの国なり地域なりの環境で、その中に生活する人間を法律や規則、または常識や習慣によって規制するものです。その規制する条件は、時間と空間の変化によってその形態も変化するもので、国なり地域なりが異なれば条件も変化し、時代の変遷に伴って、規制する制約もその影響を受けるものです。すなわち、言語や風俗習慣、または法律や法規も我が国と米国とでは当然異なっており、英国と中国においても、それらの条件は異なっています。また、我が国の平安時代、江戸時代と現代とでは、風俗習慣にも言語においても、社会的条件の変遷が見られるのであります。

社会生活において最も重要なことは、言語です。人間が社会環境において活動する際に物事を認識し、相互に意見の交換の機能を果たすものは、言語です。これは、人間の進歩発達の歴史の過程において、簡単な身ぶり語から、自然発生的に具体化されたもので、日常生活に使用されるものは自然言語といわれています。また、言語には流行語、専門語、特殊語などのように、人工的に作られた人工言語があります。

言語は、人間特有の相互交流の機能を果たすもので、社会生活の必要性から発生したものであり、いわば社会的産物ともいうべきものです。これによって自分の考えや意志を相手と伝え合うことが可能となり、自分の意識を形作ることができるもので、言語と意識は不可分の関係にあるものです。言語は発生と同時に意識に残留するものですが、時間の経過と環境の変化などの原因によって、ややもすると的確性を欠くものです。その現象による社会的必要性から文字が作り出され、言語と文字はともに人間の思考の発展を促進し、社会生活の発達と文化活動には重要な役割をもつものであります。

かくして、自然と人間との関係も、因果律の確立も、人類生活のすべての認識も、言語と文字によって客観的確立を見るに至ったものです。このように言語と文字は、人類および自然のすべての現象や事象の世代における経験、知識、思想を広範囲に交流するとともに、次の世代および後世に継続するための絶対不可欠な役割をもつものです。

人と人目には話せど　真心《まごころ》は
　言葉にいでて　まこと通えり
　　　　　　　　　　　　　　貫雅

もの言わぬ木仏金仏　石仏も
　顔や姿に　言葉とどむる
　　　　　　　　　　　　　　貫雅

また、社会生活において欠くことのできないことは、職業に従事することであります。先祖伝来の財産があるので生活が安定しているという理由で職業に就かないという人も世の中には珍しくないことですが、そのような人は、完全な社会生活とはいえないと思います。職業は人間の生命の活動であり、社会の生命の姿であるからです。それで、職業に従事する人々の生活力は、その時代の社会の情勢に反映するものです。

職業を人間の躰に対照して考えれば、前にも述べた通り、躰の各部分が重要な組織体であると同様に、頭部および神経系統の主要部分のみでなく、末端の細胞に至るまで有機的な活動を必要とするものです。社会生活においても人間としての責任と義務を自覚し、各自がそれぞれの職業に従事して真面目に活動することが社会活動の姿であり、自己の安定を確立することにもなるものです。すなわち、自己の職業に精一杯の努力をすることが、自己の幸福の道を拓《ひら》くことであると同時に生産性の向上を図るもので、結局は自己の存在する社会の幸福を実現することになるのであります。

労働は神聖なりといいますが、その理由は、社会の生命である職業が、人間の聖なる生命の活動するところで、そこが神聖なる職場であるからです。その職場において自己の生活能力を充分に発揮して業務に精励することは、職業的に人格の形態を完成することになるのです。たとえば、医師には医師の姿があり、学校の教師には教師の姿があり、土木建築業者にはその姿があるのです。職業がその人の姿になることは、永い年月その職業に精励し、職業と人とが一体不可分の姿となってこそ、職業的人格が完成するものです。因果の理法により、現世の因縁は自業自得として自らの所行に責任と義務が確立して、人生の姿となるものです。

かつて首相であられた故三木武夫氏が、いつかＮＨＫの朝の談話で、

「世間の人は三十歳を過ぎれば皆おない歳だよ」

といっておられました。これはなんと素晴らしい言葉でしょうか。世間の人はとかく年齢の差別を考えるのが通例です。確かに年齢は時間的には決定的現象であり、いかなる人も、いかなる方法をもってしても絶対不変の現実です。何億年の太古から現代まで、また、無量劫の未来までも瞬時の停止することもない現実がすなわち時間であり、年月なのです。三十歳と六十歳とでは、絶対

歳に三十年の時間差があります。しかるに三木氏が、三十過ぎれば皆おない歳（同年齢）といわれたのは、三十歳を過ぎればたとえ五十歳でも七十歳でも、社会人としての認識と社会的自覚は同格でなければならないという意味のことをいわれたものと思います。往時《むかし》は男子二十一歳で徴兵検査があり、健康で体格が正常であれば二年間の兵役の義務がありました。それ以後は男女とも社会的に大人《おとな》と見られたものです。戦後は満二十歳で成人として一応社会人の仲間入りをして様々な権利を得るのですが、社会的認識も自覚も未完成です。三十歳にしてようやく社会的自覚とその活動も社会人としての成人の域に達したものと考えられるのです。もちろん、個人的格差は大いにあり得る事実を否定することはできません。社会を構成する人間各自が社会的認識をもち、責任と義務を自覚する社会人として、三十歳も六十歳の人間も年齢を超越して同格の社会人であらねばならぬと、三木氏はいわれたのです。

要するに、いかなる人間も社会と不可分の関係において生活するもので、この現実を理解し、社会の平和が具体的に個人の幸福への道と共通するものであると考え、積極的に滅私奉公する社会生活が、人間像の社会的確立というべきであります。

10. 人間像の確立

人類を含む生命体の成長には、原則として二種類の形式があります。すなわち、動物的成長と人類的成長です。動物鳥類は、生育はごく短期間に行われます。それは外敵から子供を守るためで、早期に成長独立させることにより、その生命の安全性を確立することにあるのです。しかるに人類においては、動物の何倍もの時間と労力をかけて、育児活動を行うものです。これは、人間的能力の育成と親の愛情の蓄積であります。「三歳児《みつご》の魂百まで」の諺にある通り、人間の幼児期は人生において最も重要な人間形成の温存期であるからです。ここに蓄積された人間性の萌芽《ほうが》は、善につけ悪につけ、発育成長の結果において大きな社会的影響力をもつものであることは、何人《なにびと》にも理解し得る現実であります。

このように、重要な幼児期をいかにあるべきかは、その親としても、また、社会においても充分考慮すべき問題です。幼児期における保育は、その身体の健全なる育成と、人間性の基礎的教育による人格陶冶なのです。しかるに昨今の育児の概念は、ただ功利的な英才教育に偏っています。家庭における両親しかり、学校教育における現状も、政治的にも教育行政またしかりです。人間形成はエリートや英才教育に尽きるものではありません。確かに人類社会が進歩発展し、文化向上の形を作るには優秀な指導者が必要です。しかし、社会活動の原動力となるものは、社会のすべての人間です。支配者や指導者が多数あれば、その社会は混乱するものです。現実的には支配的人間も指導者の人数も、社会の人口に比較すればごくわずかな数にとどまるものです。「すべての社会的現象は、数によって制せられる」もので、いかに天才秀才の指導者も、いかなる権力をもつ支配者も、完全に社会を制覇《せいは》することは不可能です。この現実は洋の東西を問わず、歴史が証明するところです。「平氏に非《あら》ざれば人に非ず」と豪語した清盛もあえなく消え、三百年の徳川幕府の権力も終わりを遂げ、フランス国王ルイ十六世も革命の露と消えたのであります。

要するに、国家も社会もその構成する重要な要素は国民であり、社会の人間です。国ないし社会の人々がそれぞれ責任と自覚をもつことで、国の平和も社会の秩序も保たれるものです。それが政治的に無知であったり、また、一部の利己主義者が国民の代表者であったりすれば、国も社会も混乱し、平和の安泰を維持することは大変困難なことになります。

我が国は明治、大正、昭和と江戸時代の武士道の流れを酌《く》み、日清、日露の戦争の結果、儚《はかな》い夢を見て世界の五大強国の列に連なり、国民が犠牲になって富国強兵の音頭に踊らされてきました。そしてついに無謀な未曾有の世界大戦となり、人生の将来性をもった若人《わこうど》を何百万人も戦争に送り、還らぬ人となり、国の資源のすべてを投げうち、一億の国民の生活を犠牲にし、ついに血涙を飲んで敗戦の惨事を見るに至ったのであります。その結果、日本の大和魂と称する英雄的観念も、夢の中に終止符を打つに至り、敗戦のショックを受けて半世紀を経過した今日《こんにち》、米国並びに欧米諸国との経済摩擦を起こし、諸外国から経済大国などといわれてその気になっています。これが我が国の真実の姿かどうか、真《まこと》に疑わしい限りです。

古代の哲学者アリストテレスは「汝自身を知れ」を自分の行動規範としたといわれていますが、真《まこと》に至言であります。我が国の政治家や経済界の主導者には、もって銘すべき金言です。

我が国は資源に乏しい国です。米国やロシア、中国などに比べると、真に心細い限りです。外国から資源を得て成り立っている日本企業のため、カナダの森林は姿を変え、南洋諸島は自然の緑を失いつつあるといわれています。一部の企業の無計画な生産による大気汚染の影響も、我が国の産業の誘因とするところがはなはだ大であるともいわれています。私はここで政治や経済を論ずるつもりはありませんが、政治や経済はいかなる人間も絶対不可分の関係にあり、人間はその国の政治経済の活動の中に生活しているものです。そのため、あえて私見を述べるものです。

一人の人間が生命体であると同時に、社会も国家も生命体であることになるのです。結局は地球全体が生命体であるという抽象的論理も成り立つわけであります。それで生命体としての人間が、その生命を維持存続するための条件として、健康体であるべきです。それと同様に、その社会も国家も健康体であることが必要です。かくして地球上の個々の人間も、動物植物に至るまで、すべて生命体の安全な生命維持の確立が可能となるわけです。このような考えは、個人的にあまりにも突飛《とっぴ》な論理のようですが、小事が大事の基《もとい》となるということで、この論理に大きな意味があると思います。前にも述べた通り、個人はあくまでも社会ないし国家の一員であると同時に、地球上の自然界に存在する生命体のうちの一人であることを自覚すべきであります。

ここにおいて重要なことは、人間形成の問題です。国民ないし社会の人々の人格が、その環境の姿を赤裸々に表現するものです。その国または社会の個人個人が経済的に満たされ、無事安穏な生活で、精神的にも余裕があり、人間交流も円滑《えんかつ》で、自然に対する愛情も豊かであるとすれば、その形態は真《まこと》に文化的社会の理想像です。しかし、このような理想像に反して、人々の気持ちが利己的欲望に偏し、功利的活動が社会の姿となり、自ら名乗り出て国民の代表となり、党利党略や私利私欲と名誉欲に走り、紳士的話し合いの場において理性を失った行動をするなど、また、国民の納めた税金のからむ不祥事件により国民を裏切る行為をしたり、巷《ちまた》には犯罪が横行し、国家社会の将来を担《にな》う青少年の無謀な行動がはびこる状態では、その国は文化的な平和国家と誰が評価するでしょうか。

我が国の現代の社会情勢は、文化価値の錯覚です。人間の生活能力が偏《ひとえ》に生産的能力の啓発にのみ集中され、人格陶冶は軽視されがちです。悲惨な戦争の終結を見て、すでに半世紀あまりの歳月が流れた過程において、我が国は工業生産の軌道に乗り、異常な発展を遂げて経済大国などという不思議な存在となったのです。そのため、政治の方針も社会機構も、生産性の向上に方向づけられ、教育行政も知能啓発に偏し、人間形成に重要な徳育は影を潜め、科学の発展に先行し、唯物主義の社会形態となったのです。それが経済戦争にまで進展しているもので、この現実は真《まこと》に恐るべきことではないでしょうか。

生産性の向上による真の経済大国は、国の財政が豊かで、国民生活に余裕があり、安泰でなければなりません。そして、国家の三要素である国民の、人間形成の教育行政と、国民全体の平等な幸福のための福祉行政が円滑であることが、経済国の要素であるべきなのに、老人に至るまで税金に責められ、老人福祉は形式的で、老後の生活に不安を抱き、国の生活保護法に頼る他に道がないのです。せめて老後の生活が保障される法律があり、それが実行されてこそ経済大国の名称が立証されるわけですが、我が国の現状では夢のまた夢で、我が国の経済大国の名称は、紙上画餅《しじょうがへい》に他ならないと思います。

七重八重花は咲けども　山吹きの
　実の一つだに　無きぞ悲しき
古歌

この歌が、我が国の国民の一人ひとりの身にしみる感じがいたします。この時に当たり人間形成すなわち真の社会的人間の人格陶冶が重要となるのです。知性、情緒、意志の調和した人間作りのための基本的教育活動が必要となるのです。しかもその時期は、前にも述べた通り、幼児期から始めるべきです。純真無垢な宇宙実在の清浄なる生命体、それが乳幼児の姿です。この尊い生命体が保育成長の過程において、過剰変化性《かじょうへんかせい》の欲望に満ちた親の手に汚され、汚染された社会環境に歪曲《わいきょく》されていくのです。

幼な子の心は　清き岩清水

浮世に流れて　にごる大河

貫雅

国民の教育活動を幼児期から始めるのは、知的能力の啓発進歩を意味するものでなく、まず、子供たちの交流による社会性の啓蒙《けいもう》であり、常に自然環境の中に生活し、その体験により自然との関連性の認識を啓発することです。ことに我が国の自然の姿は、世界に類のない存在で、神に与えられた絶対的微妙《みみょう》不可思議の境界です。この自然環境は、真《まこと》に世界の至宝です。この至宝を国ないし社会において守り、仮にも一部の利己主義者による自然破壊があってはならないのです。世界にも稀《まれ》なこの日本の自然を永久に保存し、情操教育の資《もと》とすべきであります、その自然の中に育まれる子供たちの姿が、文化国家の姿です。

幼児期から自然を見る心と、自然に親しむ情操を育て、環境に順応する社会性を育成すれば、その子の成長に伴い、自然を愛し、自然現象と人間生活の関係を認識し、広大な自然の中に生きる喜びを体験するでしょう。また、社会交流による人間関係の平和が実現され、社会の幸福が実を結び、個人の幸せの姿となるのであります。

前にも述べた通り、政治の基本は人を作ることにあると思います。国家の三要素である国土、主権とともに重要な、国民の完全な人間形成が、政治活動の根本的理念です。国の内外のことに多額の予算を費やしても、肝心な国民の人格陶冶の人作りに政治的配慮がなされているでしょうか。

幼児の保育教育には親もさることながら、国家社会における役割が必要です。青少年の社会問題に国または自治団体が頭を痛め、多額の経費を費やす結果となっている今日の現状は、幼児期においてとるべき教育措置をおろそかにしたための因果応報で、必然的の因果の理法による社会現象です。青少年の非社会的行動の対策に費やされる莫大な費用は、我々の納めた税金によって措置されていますが、税金はなんらかの形式で国民に還元《かんげん》されるべきもので、有意義に使われなければなりません。その意味において、幼児期における人間形成の保育教育費に充てられることが、最も妥当《だとう》な措置であると思います。

現在、我が国の幼児の保育教育の活動が、二本立てになっていることが不自然な仕組みであると思います。同じ国民の幼児が文部科学省と厚生労働省に分離されて管轄されていることに、どんな意味があるのか不可解です。過去における政治的いきさつにどんな事情があろうと、同じ国民の最も重要な存在としての幼児を二分化することは、行政的にどんな詭弁《きべん》をもって説明しても、幼児の将来の理想像には結びつかないものです。それで、現在の幼稚園と保育所を一本化し、年齢と施設の合理化を図り、公私とも国家予算において経費の支出を考慮すべきであります。

子は宝　親にも国にも　社会にも　貫雅

大木も　大地に生《は》えた　双葉から　貫雅

大切な物でも
　こわしてしまえば　粗大ゴミ　貫雅

幼児および青少年の人間形成には、教育界、宗教界、文化団体などが一丸となって、教育行政に当たるべきです。それは、社会の各種各層に諮問機関を設け、系統的段階において各種の意見を統合して国家機関に具申し、これを国会議員が検討する制度とし、地方自治団体もこれに準ずれば真の民主主義が実現されると思います。現代における教育界も、宗教界も、経済界その他の社会団体も、理想的範疇から遠ざかり、末法の姿となっていることは否定し得ない現状ではありますが、社会の人々が各自の自覚と反省に基づいて、現代の流れの方向を変えることは、あえて不可能ではないと思います。

成せば成る　成さねば成らぬ何事も
成らぬは　人の成さぬなりけり
諺

しかし、この方法として、急を求めて革命的積極性を必要とするものではありません。無謀な戦争の悲惨な体験をしての終戦後、半世紀あまりの歳月が流れた現在の世相です。

戦前と比べれば、一部の社会形態には隔世《かくせい》の感があるようにも見えますが、前述の通り、精神的側面は栄養失調の状態です。礼を忘れ、感謝の念を失い、耐える意志は影を潜め、信仰心は御利益主義となり、生活の目標は享楽主義《きょうらくしゅぎ》となり、最も心の痛むことは、世の中から親孝行の言葉が消えたことです。前にも述べた通り、日蓮上人のいわれたように、「親は十人の子を養えども、子は一人の母を養うこと難し」との現実が、現代の世相に現れていることです。何事も自己中心で利己主義の世相です。しかるに因果の理法は厳しく、人倫を越《えつ》脱《だつ》した者の報いは、やがて己れの身に悪事災難が現れ、老後には惨めな姿となることは必定《ひつじょう》です。日蓮上人は顕立正意鈔《けんりつしょういしょう》に「信心浅薄の者は、臨終《りんじゅう》の時阿鼻《あび》の相（地獄の姿）を現ずべし。その時我れを恨《うら》むべからず」といわれております。それで我が身をこの世に確立してくれた両親に感謝し、親に孝養を尽くすことは、因果の功徳により、己れの老後の幸せを保障することになるのであります。

日蓮上人の開目鈔《かいもくしょう》という御書に「孝とは高なり。天高けれども孝より高からず。孝とは厚なり、地厚けれども孝よりは厚からず」といわれ、知恩報恩の道を説かれたのです。孝養とは、親に感謝する念に始まり、その誠心《せいしん》をもって親の心身を養うことです。すべての生命体は親子の関係から成り立っています。

しかも親は本能的に子供を養育するものです。人類を始め動物鳥類に至るまで、子をもつ親の情愛は同じです。我が身を顧《かえり》みず、我が子のために献身的に活動するのは、独り人間のみではありません。「焼野の雉《きぎす》、夜の鶴」のたとえのごとく、母性本能として子供を育てることは、宇宙の大生命の姿であり、神仏の本旨なのです。いかなる条件のもとに生まれた生命体でも、その生命は宇宙の大生命の顕現であり、神仏の象徴的存在として神聖なものです。

しかし、動物は子供が成長して親ばなれをすれば、自然界の生命体の中において活動する姿となるものです。これは自然の法則であり、自然界の姿でありま す。しかるに人間は、育児の段階において動物とは大きく異なり、母性本能の愛情が統合して、保育活動を行うものです。

這えば立て　立てば歩めの親心
我が身につもる　老いを忘れて

古諺

日蓮上人の出家功徳《しゅっけくどく》御書に「我が身は天よりもふらず、地よりも出でず、父母の肉身を分けたる身なり。我が身を損ずるは父母の身を損ずるなり」といわれていることは、親子は一心同体であると説かれたものです。

生まれくる吾が児の五体つつがなく、育つ姿に喜びの親　貫雅

親は我が子が五体満足で産まれたことを喜び、無病息災《むびょうそくさい》で成長することを願うものです。これは、いかなる親も考える人の心であり、愛情であります。己れの現在あるは、両親のこのような献身的な愛情の賜《たまもの》で、この現実において親に感謝することは当然の理由であり、報恩の誠を尽くすことは、自己の存在の確立を意味することです。

かくして人類の生命は、皆平等であるという世界観をもって生命の活動をす

ることが、万物の霊長としての人間の姿であり、ここにおいて、自己の生命の根源である両親の恩に報い、己れの生命の活動（生活）する社会の恩を知り、心から世の中のために奉仕することが人間の義務であり、自己の生活を支えてくれる社会の現実に深く感謝する信念をもって行動する人間の形態を、人間像の確立というべきであります。

我れ日本の柱とならん。我れ日本の眼目とならん。我れ日本の大船とならんなどと誓いし願やぶるべからず。（日蓮上人の開目鈔より）

著者略歴

菊田　貫雅（きくた　かんが）

大正3年7月14日、宮城県仙台市宮城野区高砂字中野駆上《かけあがり》33－1に生まれる。

昭和4年4月、仙台市連坊小路法運寺住職、梅森寛了師のもとに入門する。

昭和13年4月、東京市本所区法恩寺住職、新甫寛実《にいほかんじつ》師のもとに師事す。

昭和13年4月、立正大学専門部宗教科に入学し、同16年3月同科を卒業す。

昭和15年2月、戸籍名雄壽《ゆうじゅ》を貫雅《かんが》と改名。

昭和16年10月、東京市下谷区谷中立善寺《りゅうぜんじ》住職に任命され、現在に至る。

昭和29年4月、私立立華学苑《たちばながくえん》（保育園）を創立し、園長となる。

昭和47年2月、社会福祉法人立華学苑として厚生大臣より認可され、理事長兼園長となり、現在に至る。

平成5年7月、『人間像（生命の活動）』初版を自費出版にて発行。

平成6年5月、『人間像』改訂版発行。

平成6年10月、日蓮宗管長より一級法功章を授与さる。

平成6年11月、権大僧正に叙せらる。

平成8年5月、身延大野山《おおのさん》本遠寺《ほんのんじ》第五十八世加歴貫主となる。

平成8年10月、『新釈日蓮上人一代図絵（中村經年譯、葛飾北斎画）全6巻現代文新釈』自費出版にて発行。

褒賞　東京都、台東区長、上野消防署長、下谷仏教会他より賞状、感謝状多数。

人間像思考

2002年3月15日　初版第1刷発行

著　者　菊田 貫雅
発行者　瓜谷 綱延
発行所　株式会社文芸社
〒160-0022　東京都新宿区新宿1-10-1
電話　03-5369-3060（代表）
03-5369-2299（営業）
振替　00190-8-728265

印刷所　株式会社エーヴィスシステムズ

©Kanga Kikuta 2002 Printed in Japan
乱丁・落丁本はお取り替えいたします。
ISBN 4-8355-3464-6 C0095